山神的牧场

道帏多吉 著

青海人民出版社

图书在版编目（CIP）数据

　　山神的牧场 / 道帏多吉著. -- 西宁：青海人民出
版社,2016.12
　　ISBN 978-7-225-05296-0

　　Ⅰ.①山… Ⅱ.①道… Ⅲ.①散文集—中国—当代
Ⅳ.①I267

　　中国版本图书馆 CIP 数据核字(2017)第 015392 号

山神的牧场

道帏多吉　著

出 版 人　樊原成

出版发行　青海人民出版社有限责任公司
　　　　　西宁市同仁路 10 号　邮政编码:810001　电话:(0971)6143426(总编室)

发行热线　(0971)6143516 / 6137731

印　　刷　青海雅丰彩色印刷有限责任公司

经　　销　新华书店

开　　本　720mm×1010mm　1/16

印　　张　12.5

字　　数　120 千

插　　页　1

版　　次　2017 年 6 月第 1 版　2017 年 6 月第 1 次印刷

书　　号　ISBN 978-7-225-05296-0

定　　价　39.00 元

穿梭在信仰与现实中的沉思

寒竹

　　这是一本探寻藏地绝美的自然风光和多样的人文秘境的行旅散文,收录了作者道帏多吉近几年的散文作品。作者用心灵感触着生他养他的这片热土,用饱含深情的笔调捕捉着藏地的风光和生活的真实与质朴,也引发了作者对"好"生活的质疑。而这样的质疑从始至终都显露在这本散文集的字里行间,散发着尖锐的痛感和柔软的质感。

　　道帏多吉是属于藏区的,也是属于乡村的,他行走在藏区的山山水水间,用流畅的笔墨描述着绚丽多彩的民族人文印迹。他以仰视这片土地的姿态,将自己置身于藏区,怀着敬畏之心欣赏着这片土地的神山圣水和风情民俗的粗犷与诗意。他说,我以鹰的姿态悄然潜入青藏,一次次与有关青藏的传说相遇,穿行在这般隔世的神话里,竟然忘记了身体的存在。尽管我常常以散文、诗歌或影像的方式去阅读、去表达,但这并不足以叙述它。它闪耀着灵性的光泽,展示着自然王者的气度,那晚霞掠过雪山和草原的那一刻,我听到了我的心跳,也听到了时间流逝的声音……我们已无须证明他对于藏地的痴爱,这样的痴爱闪耀在他的每一篇文章中,时而绚丽灿烂,时而悲伤沉痛,时而敬畏有加,时而叹息无奈,而这样的韵味便形成了道帏多吉自己的写作特点,也在用他的方式保护着他痴爱的这片热土。

在这本散文集中,作者用大量的篇幅描写了藏区人民朝拜神山圣水的仪式,也用真实的笔调描写着这片脆弱不堪的土地,在关乎信仰的每一个细节里,都毫不犹豫地显现出藏区的劳动者对于这片土地的敬畏,而这一切都与现代社会的生活模式形成了鲜明的对比。作者在一声声灵魂日渐荒芜的悲叹中,阐述着精神世界在现实社会中的挫败。他用他的文字告诉我们,在"环境治理"被重视、被提倡的今天,心灵环境的治理也需要同步进行。他在文章中提到,在佛陀的眼里也许我们都是堂吉诃德,携着天真和恐惧,在轮回中臆想着自己的所有命运,那就是我们的人生骑着满载欲望的战马驰向死神的怀抱……这些深深刺痛每一个人神经的句子,无不阐释着生命的无常。也警醒着被欲望和贪婪占据的今天,要懂得爱和生活的真理。

藏区,是一片众人眼里贫瘠的土地,它的确是贫瘠的,恶劣的环境,频发的自然灾难,但是就在这样贫瘠的土地上,这片藏地上的生灵们面对一次又一次的重创却表现出不同寻常的淡定与从容,这种强大的力量就来自于他们对传统的精神信仰。本书中作者将藏传佛教文化对于藏区人造就的神圣化的自然观,平等和善的道德观,超然物外的人生观贯穿于文章其中,从自然审美到精神需求,达到了藏区社会宗教信仰与现代文明的碰撞融合,其立意要深广得多。

　　最后，我当然更惊异于这本散文集成功地建构的一个隐喻的、象征的、自然的精神的世界。作者以优美流畅的文字表达他的声音，以这种高度抽象化的有意味的形式，对藏区的自然景观、风俗民情进行浓缩和模拟，给我们展现了一个具有道帏多吉语言特色的藏区，他回望历史，触景生情，用一颗虔诚的心描写了一条跨越时间空间的多彩的民族文化走廊。正如作者所说，站在这残存的古道上，站在怀念古代那一段段隐秘历史的深处，伸手触摸这遥远的记忆，仿佛进入悠远的历史故事中，那条悠悠古道上一行行忽明忽暗的马帮随着由远而近的马蹄声缓缓走来……

自 序

我把江南的春天,连同桃花的影子

带到我的牧场种植

那宽大透明的玻璃窗

映现远处的雪山、层林,近处的河流

这便是那册诗卷被草和水浸过的那一页

诗词所建的房檐,云朵之上的楼阁

用春天,浇水、拔草、培土,生长一个人的梦境和单纯

在香炉缭绕的河边,枝繁叶茂,阳光雨露

那些喜鹊、布谷、画眉及不知名的鸟

从梨花林中飞来,带来唐诗、情歌和雪风

我的枣红马牧放于阳坡,背着寂静与远方

随时载我去采摘野果,捡拾山谷的空虚

这些日子是我隐秘的画卷

有时清晨醒来一只鸟的鸣叫

很容易打开我尘封在远方的时光

第一页卷首语是祈祷提供我美食的神灵

而后享用来自大地的精气

那绕梁袅袅飘逸的馍香和奶的芬芳

穿过我的身体日月滋养修行的灵魂

这些精灵给肉身埋藏翅膀

然后轻轻关上面朝草原的门

骑着枣红马与飞鸟和植物一起

向山巅上花朵簇拥蝴蝶飞舞的一泓湖水进发

在那面绿树掩映的湖边石头、动物、植物

　　河流、飞鸟间自由的交谈

不知欲望，只有幸福，那是我多年私藏的花园

目　录

　　我以鹰的姿态悄然潜入青藏，一次次与有关青藏的传说相遇，穿行在这般隔世的神话里，竟然忘记了身体的存在。尽管我常常以散文、诗歌或影像的方式去阅读、去表达，但这并不足以叙述它。它闪耀着灵性的光泽，展示着自然王者的气度，那晚霞掠过雪山和草原的那一刻，我听到了我的心跳，也听到了时间流逝的声音……

神游在我的牧场

　　川甘青交汇的地方是我心灵广阔的牧场,我的牛羊,我的牧人,我的神山蓝天,我的飞禽走兽,我的花草昆虫们,在用诗歌搭建的帐篷四周,在离梦想很近的河边自由游荡。每天日出我骑上枣红马,在用散文、小说和传说种植的牧场,去收获随意的白云、洁净的空气,日落后与梦境相遇。我是在这样的现实和虚幻之间年复一年,随遇而安地消磨着日子。

　　今年夏末我又一次去看我的牧场。瓜什则、甘加、桑科、佐盖、博拉、阿木却乎、碌曲、玛曲殴拉、阿万仓,这些在母语里跌宕生辉而婉丽迷人的地名,尽管从汉语字面看上去有些生硬而单调,但在藏区的视野里占据了辽阔的时间,并在安多藏地民间耳熟能详。掩映在地名中所包含的历史信息和民俗俚语,生动地修饰着这些地方的传奇和美誉。比如说"甘加"是现夏河县甘加乡的称谓,过去既是地名又是甘加部落的名称。乡域内有甘加草原、白石崖洞、八角城、白石崖寺、甘坪寺等名胜古迹,达里加山下的甘加历来是兵家必争的军事战略要地，是从中原进入青海的要塞之一。乡府附近有现存较为完整的古城遗址八角城，此城出土的文物证明早在远古时期，就有人类在此活动。据《安多政教史》记载，约公元841年左右，吐蕃王朝派到这里的驻军依察将军的后裔中有个叫朝加的军官定居建寨，后来繁衍为部落，朝加成为部落首领，逐渐发展为七个村落，后来又从黄河上游乔科等地迁来一些游牧部族，成为现在的部落。据说创建拉卜楞寺的一世嘉木样就是其后裔。初建该寺时的地皮就是甘加部落赠送的，并成为拉卜楞寺的拉代，其历代首领由寺院委任。比如说"博拉"是藏语译音，是"博干帐圈"之意，现在是夏河县博拉乡的称谓，过去是部落称谓，也是寺院名称。有一种说法，据传在很早以前，博拉地区有四个小部落，因小而弱，常受欺辱，为了共同抵御外部欺辱，其中一个部落的博干洪布，将四个小部落联盟为一个大部落，博干洪布的帐圈叫"博干帐圈"，简称"博拉"，后来就成为部落的称谓。博拉部落归属为拉卜楞寺拉代，其首领由拉卜楞寺委任。

地名背后蕴含着历史民俗信息，要是用蘸着乳香的母语去叙述，能使人体悟一个部族的心迹、感悟一段秘史的温度。每一次踏进并体悟这些长久热爱的土地，让我怦然撩拨起松弛的心弦。从甘加进拉卜楞到桑科，每次都感到不是走过一个简单的路程，像是与前世深情相遇，使我进入一个隐秘的抒情境地或一个内心连绵叙述的世界。对此我曾留下过这样的文字："虚掩着的拉卜楞，坐在静谧的冷风里。经卷上行走的僧人，不可言状里悄

4

山神的牧场

然潜入那绝妙的虚空,恍若与前世相遇。月光里的拉卜楞,发出限量的声响,百年古寺一半在某处,一半在山谷里。河谷里的拉章,一樽河月一碗净水,可供养千年。"

从沐浴在慈祥里的拉卜楞逆流而上就是叫"大久塘"(跑马滩)的桑科草原了,也是每年民间乡浪节和拉卜楞寺僧人夏游的地方。大夏河徐徐弯流而下,在墨绿色的草地上勾勒出令人激荡的弯曲肌理来。避开喧嚣的桑科旅游区,在草地深处寻得一处别样的黑帐篷间有几处木屋的人家,一抹泉水蜿蜒缠绵而流,用石板简易铺就的小路在低矮的灌木丛绕行,遇小溪搭简陋的木桥,对地上的花草树木没有半点踩踏迹象,周围的河流、树木和草地保持了原样。在草丛和乔木林中牛毛帐篷和欧式木屋点缀其间,如同置身世外,简单中渗透典雅,粗糙中显露高贵,浪漫里融入粗犷和野性。随意推开一间木屋,内饰简单、整洁、舒适。诺拉公司生产的全手工牛绒背垫、坐套、桌衬布置其间,即有藏式的古朴与华彩,又有欧式的庄重和时尚。而在牛毛帐篷内摆有木制桌椅,配有西餐或藏餐餐具,提供正宗考究的西、藏餐,还设有茶厅、酒吧、观赏休闲厅等等,在一间宽敞的木屋里,摆布着手工制作的牛绒手机套、沙发背垫、礼帽、围巾、挂件和藏族传统用具木水桶、牛皮桶、褡裢、皮箱、木柜等。"我们觉得藏地环境优美,草地宁静圣洁,这里的空气、阳光、蓝天、白云、水、慈悲、人文均是免费的奢侈品,这是大自然和佛祖赐予藏人的仙境圣地,然而在这里最缺的是服务和概念,在此尽心营造的主题营地,即能展示和体验藏族民俗、地理、人文,又能提供高端服务、优质餐饮和舒适优雅的居住空间，让人感受到经典、时尚、藏文化的主题营地体验，营地的服务人员全是来自本地藏族牧民子女，进行高端服务培训，接受当今最前沿的服务理念。"这位来自青海道帏，曾在师大藏英班就读，在美国斯坦福大学四年深造酒店管理学，现任夏河诺尔丹旅游营地营销部经理的李毛才让平静地娓娓道来。

为了对诺拉手工艺制作工序有个初步了解，我们驱车绕道合作县前往佐盖多玛，爬过一座高大平缓的山丘，进入一条水草丰美的山谷，就到了诺拉公司，厂房依山而建，从外观看是典型的藏式石木结构房屋，在向导的引领下我一一参观，厂房各道工序井然，要求严格，整个工艺是以手工为主兼有简单的机械操作，原料为牛绒，指导师傅是来自尼泊尔手工世家的名师，掌门人来自美国的藏裔夫妇，手工艺人有 150 余名，全来自本地牧民，产品营销欧美，在手工艺产品逐渐走销转暖的欧美，诺拉的全手工牛绒产品呈现供不应求的趋向。

从诺拉公司出来，我们直驱玛曲，经碌曲、尕海，翻越西倾山，眼前豁然开朗，一片开阔的草原展现在目极之处，草地边缘一条发出银色光斑的河流蜿蜒向东，那就是被藏族誉为孔雀河的黄河。黄河从巴颜喀拉山北麓发源，进入甘、青、川文界的广阔草原，眼看就要奔向东南的川北，却被隆起的松潘高原和巍峨的西倾山阻挡，来了个 180 度的大转弯，调头再返青海。在玛曲草原上留下了 433 公里的壮美景观——"天下黄河第一弯"。正是她这一回首，使黄河首曲形成了"玛曲乔科"这一举世闻名的湿地草原，并当之无愧地成为亚洲最大最美的草地和黄河的"天然

蓄水池"。

玛曲,系藏语"黄河"之意,古为贡赛尔喀木道,藏语意为贡曲、赛尔曲、道吉曲三条河流与黄河汇流之地。阿万仓以南的广大地区,贡赛尔喀木道历史久远,古为以白鹿为图腾的董氏所属部落栖息之地,党项、吐蕃先后在这里生息或建立游牧部落政权。701年,吐蕃赞普赤德松赞率兵进驻贡赛尔喀木道地区,攻打松州牗(今四川松潘县)、胰州牗(今甘肃临潭县)、洮州牗(今安多地区),把这里作为战争的后勤基地。1806年,第三世嘉木样·罗桑图丹久美坚措前往阿万仓讲经弘法,开始了拉卜楞寺政权对贡赛尔喀木道的影响。1875年,贡赛尔喀木道正式归顺拉卜楞寺管理。

这里是中国四大名马之一的"东方神骥"——河曲马、"藏羊之王"——欧拉羊、世界十大名犬之一的"河曲藏獒"、"高原之舟"的阿万仓牦牛等优良畜牧品种繁衍生息之祥地。阿尼玛卿山脉由西向东,横穿县境,巍峨壮观的西倾山虎踞北部,阿尼格拉山、阿尼欧拉山等诸神山护佑其间。这里又是格萨尔王的发祥地,《格萨尔》典籍中,反复出现的玛麦哲道、格拉山峰等岭国的九座神山中有七座神山在玛曲境内,格萨尔马蹄印迹、茶城、珊瑚城、射箭场、赛马场、霍果山,珠牡奶桶印记、灶火遗址、拴牛犊的遗址等分布全境,玛曲是青藏高原"格萨尔风物传说分布最密最多的县"。这里因此曾被美国最具权威的旅游杂志《视野》《探险》评为"让生命感受自由"的世界50个户外天堂之一。

当我沉醉于这些美誉之词时,越野车倏然像一匹脱缰的野马,颠簸着停在了欧拉草原深处一户牧人家的帐篷前,一只健硕的藏獒沉闷地狂吠着,拴在脖颈的铁链发出激烈的声响,半晌,主人漫不经心地劝阻藏獒,獒很不服气地呈半蹲状,两只粗壮的前腿直立昂首傲视着前方,似乎并不在意客人的远道而来。主人慢悠悠地掀开帐篷的门帘让座,我们盘腿落座在卡垫上,三面扁薄而尾部翘起的灶台支撑着熬茶煮饭的锅,朝门的扇形斜板上添满牛粪饼,主人不断地向椭圆形的灶膛里送牛粪,干燥的牛粪燃烧着,发出幽蓝淡黄的光,淡紫色的烟气在帐内弥散开来,随即在顶脊通风口消失。主人叫才多,约五十开外,唇边留有并不规则的八字胡,头发泼墨般随意披散,鹰钩鼻上一双炯炯有神的眼睛笃定地凝视着,一双筋脉突兀的大手漫不经心地向灶肚里推干牛粪,一边坦诚地娓娓叙说:"听祖辈们说,我的祖先原先在四川阿坝,因部落内斗,一部分人辗转青海河南、甘肃碌曲一带最后在玛曲欧拉定居下来。这顶帐篷是我父母年轻时编织的,至今已五十多年了,我就在这个黑帐篷里出生长大的,平生第一次走远路就是十年前一个盛夏去了趟兰州。兰州大街上穿梭的嘈杂车流,马路上急躁的人流以及夜晚刺眼的灯光,还有酷热蒸烫般的气温,使我焦灼烦躁,对牧人来说这是莫大的受罪啊,简直就是灾难,我就迫不及待地返回了我的草原。因为迷恋这宁静辽阔清凉自由的草地,自此再也不想出远门了。"此时夜色笼罩的帐外,天空挂着一弯凄美的圆月,银色月光散落的草地也像是涂抹了一层银粉似的,寂寥空旷的夜偶尔传来几声零星的獒吠外,几乎听不到任何声响,我就在如此静幽的夜里沉沉地入眠。翌日

刚日出,掀开帐帘循着"哞……哞……"的牛叫声望去,在帐外远处一块平地上奶牛和牛犊隔开拴在绳索上,主人才多的妻子正在挤奶,双手熟练地在四个鼓囊的奶头间飞舞着,飞速挤出的奶子在木桶里四溅喷散着,才多说:"草原上的女人是最辛苦的,我家四十多头奶牛仅靠妻子的双手,待全部挤完需 5 个多小时,也就是说挤奶牧女们一般在凌晨 4 点左右起床,才能保证早上 9 时左右放牛烧早饭,白天还要晒牛粪等,这对草原上的牧女来说是一件很平常的事。男人们只有煨桑骑马的份了。"当帐篷顶上的烟气升腾时,才多在自家的门前煨起桑来,对着远方的阿尼殴拉山神唱颂词。才多说:"明天县上要举行远近闻名的 "格萨尔"赛马比赛,走近"纳赤"(即乌黑马),点燃香柏在马肚脐下烟熏驱邪除秽,并念诵祈福,加持护佑,祝愿赛场上一展雄姿夺冠获誉,为部族贴金耀威。"他又说道:"入夏以来每天到黄河里给马洗两次澡,再牵到一个隐秘的地方,食材营养均衡,还要控制饮食,为的是保持洁净,养足精气灵性。"吃过早饭后,才多谆谆嘱咐 14 岁的儿子,儿子骑上那油光发亮桀骜不驯的纳赤一溜烟消失在草原尽头。

阿尼玛卿转山侧记

那是十二月底深冬的一天，纵横千里的青海山川被雪锁冰封，尤其是地处于青南的果洛，地皮上所有的绚烂被一只无形的大手洗劫一空，大地像是漏了风的天窗，风雪卷起空前的寒冷和孤单四处肆无忌惮地袭来。就在这样的严冬里，我带着摄制组前往果洛，带来了特别的刺激和意味深长。那些天摄制组人员紧锣密鼓地准备着，为的是拍一部梦寐以求的有关阿尼玛卿的纪录片。我们是趁着黑夜出发，汽车如同喘着粗气的老牛缓慢地穿行在起伏不平的山路间，凄美的一弯残月挂在天上，月光洒遍的原野在幽远中似乎深藏玄机，犹如一个传奇的神话故事将要发生似的。

天亮前，我们抵达大武。当天下午召开了首次摄制组人员会议，大伙都知道，藏历马年即将收尾，在这个节骨眼上我们拍摄十二年一遇的阿尼玛卿神山马年转山山地纪录片，是具有里程碑意义的。但困难也不小，要克服缺氧、寒冷、狂风暴雨以及吃、

主、行方面带来的挑战和考验,因为那毕竟是平均海拔 4500 米以上,甚至有些地方要达到 5700 米。然而这座驰名中外的山是黄河源头最大的山峰,在佛教界的地位也是相当可观的,它是观世音菩萨的道场,又是雍仲苯教的护法神,藏人称之为"博卡瓦间贡",即开天辟地九大造化神之一,在雪域高原的 21 座神山中位居第二,多康地区的神山守护神之主,具有十地菩萨的果位。传说中,阿尼玛卿山神和他庞大而兴旺的家族就居住在一座白玉琼楼宝殿之中,山神共有 9 男 9 女共 18 个儿女,有内围亲族 360 位,外围侍从、卫士 1500 位,他们各怀绝技和法力幻化成形态各异的神山如莲花状分部在安多大地,日夜守护着此地的山河沉浮。今年是 12 年一遇的藏历木马年,也是阿尼玛卿山神的本命年,藏地所有的神灵都会汇集在此地,马年转山一圈,就如同朝拜所有的神山,可增加一轮十二倍的功德,相当于往年的十三圈,具有念诵 13 亿遍六字大明咒的功德。

冬日的藏地,冷阳普照,山岳被枯黄的野草和积雪所覆盖,呈现出一片沉寂沧桑的美。尤其是在冬至后的三九天,雪山脚下寒风凛冽,远远望去,阿尼玛卿雪山耸立在天地之间,这座千百年来以王者的风范统领安多地区浩荡的千万山河,并以头带白毡帽、手捧摩尼包、骑白马威武而朴实牧人的形象似乎正在巡视四方山野,守护着这一方土地。

我们搭乘一辆便车直驱阿尼玛卿神山,路过雪山乡时有缘与转山的多杰一家相遇。他家住在依南坡的山窝里,正好抵挡来自雪山的罡风骤雨,远处阿尼玛卿的神秘面容隐露在云锁雾罩里，当我走进用砖混结构搭建的冻窝子房门，方年七十余岁的多杰老人手摇经筒嗫嚅着口念诵词，端坐在那儿犹如传说中神山的主人，苍白如残雪的头丝下鹰钩般的鼻翼，一双笃定的眼神在古铜色脸颊的衬托下，更显出牧人宽厚刚毅的本色。随着马年年尾的临近，12年一遇的木马年行将消失，或者再来一场大雪，多杰老人的老伴过世之后他多年的夙愿就会搁浅，藏人素有"马年环山、羊年转湖"的习俗。"转山"是一种盛行于藏区的庄严而又神圣的朝圣仪式，步行甚至一路磕头，围绕圣山，转一圈或多圈，他们相信，用这样的方式可以许愿还愿、消灾避难，脱离六道轮回之苦。

多杰一家急不可待地张罗着朝圣前的一切准备。对于藏族人来说，转山是无比神圣的事，尤其是在马年转山，福报会是往年的十二倍，相当于念六字大明咒十三亿遍。此次转山，多杰老人决定让大儿子两口子留下来照料家里，让两个侄子骑马驱赶五头驮着帐篷和食物的牦牛随行，老二及老三两口与父亲多杰组成六人的朝圣队伍并用磕头苦行的方式祭拜，老人深信五体投地的供养仪式，是全身心参与的祈愿，五体匍匐、口中念经、心中发愿的身语意的顶礼膜拜，才能安抚他久违的朝圣愿望。

这几天多杰家除磨糌粑、备锅碗瓢盆和帐篷外，还放生了两头牦牛，多杰老人说："戒杀放生救赎众生的性命，能使它们免于被宰杀的痛苦，就会离苦得乐，借这一转山的机会，行善积德，为的是获得福祉和功德，祈祷人畜无病无灾。并感恩和答谢山神的赐福和庇护。"多杰老人看着深山又说道："阿尼玛卿山神更具广

博的神通和佛苯相融的护法神之法力，民间记忆中的阿尼玛卿头戴伞形尖顶白毡帽，右手持带有旗翼的长矛，左手持如意珍宝于胸间，腰系虎皮弓袋、豹皮箭囊，跨绿鬃白马，腾云驾雾，威风凛凛地巡视着疆域。它护佑着安多地区的山河浮沉、人情世故和庞大的山神系统，玛卿雪山又为法力无边的胜乐金刚的驻锡圣地和雄狮王格萨尔的寄魂山，所以马年来此环山朝拜，具有不可思议的庇护和加持力。"

次日清晨，我们和多杰一家翻山越岭，经桑公卡、越崔公卡、过药水泉等地前往此次转山磕拜的起点萨那卡多。萨那卡多是三怙主之四臂观音、文殊菩萨、金刚手菩萨的圣地，是此行朝圣的起点。所有朝拜的人们，都要在这里先点酥油灯，亦为十种供养之一。祈望透过燃灯，能点燃心中的自性灯。因此在佛前点灯，是借着佛的智慧之灯所放出的光明，照破无明，使心生慧解，成就智慧波罗蜜。

一盏盏酥油灯，传达着多杰家人无限的虔诚和祈祷，让活着的人和逝者的灵魂通过点灯得以交流和沟通。然后象征着回荡不息的法音，远扬法界的右旋白海螺声响起，发愿改变自己和一切众生轮回的业力。依次煨起献祭神灵、洁净自身、驱逐秽气的香气桑烟，并献词山神，以此表达对神灵的敬畏和供奉。

经过数日的磕头朝拜后，多杰一家到达卓玛本宗，阳面缓坡一棵牛尾状的柏树下。据说卓玛本宗是药师佛和掌管药仙女的圣地，这里的花草树木、河流泉水都浸满圣药圣水，朝圣的人必然在此烧茶煮饭，多杰家也不例外。作为一名虔诚的佛教徒，多

13

杰老人说:"玛卿既是山神'热拉',又是念、地祇、氏族神依拉、依德、战神、守护神、护法神、菩萨等,具有很高的加持力和法力,又可作为寿神、财神、伏藏神、路神、农业神、牧业神,尤其到了外地遇事念诵玛卿山神的名号,就会驱邪辟难,十分灵验。"

又一个风雪交加的夜晚,经过多日的艰难磕头匍匐,多杰一家到达转山途径海拔 5000 多米的达却贡卡,那晚深夜,空旷的原野一弯凄凉的冷月悬在头顶。此刻,阿尼玛卿像是黑脸战神手持利器站在将要凝结似的夜色里,宁静从身外慢慢向内收紧,就如同样空旷的虚无将要诞生般。在这样孤独的月夜中,山顶上,从冰封雪锁的缝隙吹来的冷风,吹麻了脸颊,也吹麻了心灵。这样的月光下,我幻想着阿尼玛卿骑着白马带着家眷乘风踏云把我带到他的水晶宫,分享玛卿先祖的远方和牧场,然而眼下我目力所及仍被一片黑暗笼罩着。我无法看透那黑暗之外蛛丝马迹的传说印记。于是,我走向嘎吱作响的雪地,尽力疏散这稠密中包裹着刺冷的黑夜,这时,唯独能给点欣慰的是抬头遥望那浩瀚的星空,我像一匹望月的瘦狼,一种本能的孤独和野性便油然而生。可是,此时,这宛如隔世的夜,冥冥中前世或后世的种种幻觉抽象地浮现着。这静谧、空灵的大地,应该响起意念中的犬吠和狼嗥,也特别有利于宿住在神山里的将士倏然骑马掠过,但终究还是没有出现,只听到那猎猎经幡在寒风的猛烈抽打下噼啪作响,除此之外并没有发生什么,寂寥中我在微弱火炉的陪伴下酣然睡去。但愿明早朗日高照,云朵飘绕,诗意满山浩荡。

次日清晨,寒风猎猎,冷阳普照,云雾急速飘向达却拉则。达

14

山神的牧场

却贡卡是玛卿坐骑达却卓侬的圣地,意为"殊胜良马的垭口。"由一座圆形的桑池以及并行排列的十三丛拉则和石刻经墙构成,相传贡则赤加神通广大,一日之内修建的 108 个拉则之一。其附近有大小湖 360 个,是玛卿玛系神 360 个山神供奉的男性勒神和女性勒神。在这里为地方神祇依德供桑、供风马、插拉则、吹法螺、挂经幡、献诵词的民间仪式来祈求玛卿山神的保佑。

时光荏苒而不留,转瞬又是半月。半月后的一天,我们和多杰一家一起抵达夏格巴修行岩洞附近,相传夏格巴修行时,倏然幻显玛卿雪山中一个骑马披甲武士腾云而至,夏格巴用道歌的方式向来者唱诵搭话,很多飞禽走兽慕名前来听闻道歌佛音,渐渐地除野狼外——感化降服。

这天,多杰一家听说在夏格巴岩洞附近遇见正准备修行的坚赛托美活佛,年近 70 岁的他,是雪山乡曲格纳寺主持,在遇到多杰一家时他已围绕玛卿雪山磕头转山 22 圈。此时想在洞中修行一段时间后再继续他的漫漫转山路。活佛说:"玛卿神山具备十地菩萨果位的圣地,雪山周围有五谷供养地谢玛智迪,夏格巴脚印,山神的舅舅相波智让、父亲赛日昂尤、母亲多杰知加玛、夫人增毛、兄弟占德旺秀、密妃贡玛拉、占卜和禳解师冒瓦朵哇、大臣给通智格、管家章沁夏格、四方守护神,英勇九子和睿智九女,财宝库头钦头琼,有夏格巴、阿柔万德修行洞,有格萨尔马鞭、神犬、兵器库、珠姆马圈、奶酪、千顶帐篷、三十员大将煨桑台,圣湖玛旁雍措,玛域胜利白塔这些数不胜数的殊胜圣地共同拱卫玛卿神山,我是由衷地敬畏与供奉这座神山,依然决然地放下许多贪欲和杂念,无论刮风下雨、天寒地冻、风吹日晒从没有间断过磕头朝圣的脚步,为的是皈依玛卿,获得智慧和功德。也为的是利益众生,增强慈悲心和菩提心,帮助众生解脱轮回之苦。我已朝圣转山二十二圈了,发自内心深处的虔诚转山,使我找到了自己的灵魂救赎之路,每每朝着神山五体投地磕头前行时心中便充满了从没有过的幸福感。"

转山的路上除了朝拜山和湖,信徒们认为石头也是有生命和灵性的。人们用大小不一的石头或者刻有经文的石块摆放成石堆,这些石堆、石刻、石经墙是转山路上对山神的供奉仪式,信徒们确信石头中依附着石魂,像供净水、供桑、供风马一样获取殊胜的功德。

觉姆央热,是玛卿的南门所在地,这里有拉隆华多与唐东杰布圣者法力显现的脚印和背印,有阿奈桑姆的修行岩洞,在岩石上印有格萨尔王的神驹和神犬的足迹,有白度母神泉,有可钻的消孽除障的岩洞雅玛太空,还有一块乌黑光滑的石头,若边念经边绕石经墙转可报父母恩情。多杰老人说:"世间的一草一木、一山一石、一水一湖都充满灵性,山中有依德神,水湖中有勒神,林子中有树神,灶有灶神,风有风神,地有地神,若去伤害和污秽它,就会受到自然界神灵的惩罚。因此倍加爱护和敬畏自然神灵,既护理了优美的草场,又应得神灵的愉悦欢喜。而山神之所以能受到人们的崇拜,是因为它能呼风唤雨、能保佑我们平安健康,牲畜兴旺,它也能降灾降难,危害我们。我们只有敬重它、拜服于它、保护好自然环境,就能得到山神的护佑。山神比任何一

种神灵都更容易被触怒,凡是经过高山垭口,都必须处处小心,最好不要高声喧哗,砍树挖山掘河,否则触怒了山神,立刻就会招来山神的报复,要是夏天就会狂风怒卷,雷电交加,大雨倾盆,泛滥成灾;若是冬天,就会风雪弥漫,铺天盖地。因此,山神被尊为有灵验的神。同时山神经常以骑马的猎人形象巡游在高山峡谷之中,人很容易面对面地碰到。玛卿山神又与格萨尔之间有着千丝万缕的联系,相传格萨尔幼年时来到玛域,受到多康玛域地方的阻挠和排挤,在玛域土主玛卿伯热的协助和帮助下成王,并为格萨尔成就事业做出了贡献,所以说玛卿成为格萨尔王的战神和寄魂山。"

转山途中路遇来自玛沁县雪山乡的扎保,他和家人一起开车转山,当我问起雪山近年的变化时,这位从小生长在雪山脚下的扎保望着面前的阿尼玛卿雪山说,在他二十几岁转山时,雪山脚下冰川河流遍布,河床比现在宽许多,围绕雪山遍地都是白茫茫的一片,尤其是到了夏天随时都可以遇见成群的岩羊、白唇鹿、麝、棕熊、雪豹、野驴、原羚、黑颈鹤等,冬虫夏草、白母等珍稀野生植物满山遍野地生长着,有一年冬天他和舅舅及侄子转山时,由于风雪弥漫驮食物的牦牛被冻死,侄子因极寒的雪地上行走而生冻疮,留下终生残疾,还听老人讲朝圣路上一位老太转山时被冻死,儿子背着她艰难地转完一圈,完成了老人一生朝圣玛卿山神的夙愿,以求来世平安幸福的愿望。现在雪线上升、河流变小、冰川消融、野生动植物稀少、天气变暖、到处是裸露的黑土滩和乱石,再加上挖山开矿等遭遇人为破坏,质朴原生的自然生态日趋退化。

　　多杰一家结束转山朝圣的那天，我也跟随他们抵达此行的目的地。磁性般的诵经声又在耳旁悠扬浑厚地响起，站在云端上的阿尼玛卿，在广袤沧桑里孤守巅峰，神话里滋养的冰清玉洁的峰顶，亘古不变地传递着洁白，沉寂的雪山仿佛走过我的心脏。

果洛，云层下空灵的水墨画

果洛，一种境界，隐于大音希声间。

果洛，传说里部族居住的地方。

果洛，云端上的唐卡，沉睡在画中的牧帐。

天上果洛，是上天造化的一处仙界净土，是青藏高原地理奇观的绝响。被誉为地球眼睛的扎陵湖、鄂陵湖恰似一双蓝宝石镶嵌在黄河源头，傲视群雄的阿尼玛卿雪山逶迤向北，连绵的巴颜喀拉山蜿蜒坐南，年保玉则这天神的花园俊美地耸立在东南门户，玛珂河边的传奇古雕楼群位居其腹心，这里是千古绝唱玛域格萨尔的故乡。这里湖泊河流星罗棋布，山川沟壑纵横交错。这里是玛域格萨尔人类口传史诗活化石的诞生地。"玉龙森多"，玛域格萨尔赛马成王前的第一领地；"阿玉迪"，英雄格萨尔诞生及赛马称王的地方。这是说不完的格萨尔、唱不完的格萨尔、写不完的格萨尔的神秘奇地。雄奇壮丽的连绵雪山和异彩纷呈的民俗交相辉映，形成了绝无仅有的地理奇观和多样的人文荟萃之地,可谓惊世绝版。

在缭绕的云层下,河旁、山谷、草地上散落着黑白相间的牧帐,成群的牛羊如珍珠般散落其中,倏然感到这些牧人压根儿就没有打算长住人间,在大地上短暂仙居后,终究想回到天上永留吗？不然我的族人在地上搭建起世上如此简单的牧帐,一匹马、一群牛羊相伴淡泊、从容千年。这个与神共居的族人也从没有离开过神,在路上,我们与一个格萨尔艺人相遇,谈话间他眉飞色舞地说唱着格萨尔。就如他所说:"我的生活的一半在神话里。"

经过一天的颠簸,临近黄昏时候,我们住在离公路较近的久治县年保滩一牧户人家,次日清晨,从湛蓝的天海中涌出的金光油亮的太阳,斜射到轻雾漫过的绿草,发出幽蓝的光泽,黑色牛牦帐篷上升起的炊烟慢悠悠地飘逸起来,一片薄如轻绡的淡云浮在山腰,映衬出盛夏的经典晨曲。格日一家开始忙碌起来,格日的妻子蹲在牦牛肚脐下挤奶,格日就在帐篷的前方煨起桑烟来祭祀神灵,混合着青稞、炒面和酥油的桑烟,顿时弥散在河谷里。格日朝着矗立在远方的年保玉则山神(相传山上有个猎人,他救了化为小白蛇的年保玉则山神的独生儿子,后来,年保山神化为白牦牛与恶魔激战,猎人应邀射死了恶魔。年保玉则为了感谢猎人,将他的小女儿许配给了猎人,两人婚后生下三个儿子,分别叫昂欠本、阿什羌本、班玛本,上、中、下三果洛部落就是他们的后裔。因此,年保玉则神山便成为果洛藏族的祖先。)把一勺鲜奶抛散并熟练地高声诵山神赞词,祈求祝福,赐予平安。尔后,格日又钻进帐篷,将七碗净水供奉在佛龛前,这时格日的妻子已

经煮好奶茶，先倒一碗奶茶泼向天空敬神，然后给客人倒茶。一碗"都麻"茶，用放了曲拉的糌粑拌着吃，虽然简单，却是人间美味。

　　太阳把光芒倾泻到烧牛粪的火塘上时，牛羊已在山坡上一群群散开。我和格日在帐篷门前右侧的草丛中席地而坐，格日说："我的祖先世居这里，冬去春来，先辈们在这块优美的草场上生生不息，这是佛祖赐予的福，也是年保神山护佑的福祉。藏族有个谚语'雄鹰飞得再高，骏马跑得再远，也不会忘记落地生根的大草原。'如果长时间不回草原，就会感到心里不踏实，草香、花香、乳香飘逸的草原是牧人生命的根，草原是藏族人心中永远的眷恋。"真如一首诗中所描绘的：终身与天地为邻／白云下／寂寞陪伴着你／月亮爬上来／宽广的风／裹住了你的想法／一辈子一块草地／一群牛羊／无尽的空荡／与野草一起疯长／一片天／一条河／添满了所有的奢望／野狼走远后／一只羚羊一溜烟／从山顶消失／紧跟着一个牧人／纵马飞驰／此刻空前的画面／独一无二地惊现／行走在苍凉、极寒的史书上／像午后阳光下的向日葵／如此宁静

　　此刻，我也似乎以鹰的姿态悄然潜入果洛，一次次与有关格萨尔和神山的传说相遇，穿行在这般隔世的神话里，一时忘记了身体的存在。我们如一只微不足道的甲壳虫穿行在海浪般波澜起伏的草地，翻滚的云层低低地疾驰而过，像飘浮在天上，分不清哪是天，哪是地，连绵的众山纹丝不动并庄严地展示着自然王者的气度，这块旷世奇地像拉美，魔幻、缥缈。尽管我常常以散文和诗歌的

21

方式去阅读、去表达，但这并不足以叙述它，于是我接触影像去记录和再现它，然而又陷入更不确定的困惑和迷失之中。有时感到缄默的庞大的藏地就在那里，一切文字和影像都显得那么苍白多余。对我而言藏域不是所谓的人间天堂"香格里拉"，它像是名词和形容词之间的一朵慈悲的花次第绽放，是消费时代背后的隔世诉说。

苍茫果洛，闪耀着灵性的光泽，在它阔远、深沉的感召下，如同某些诗歌和影像的发生，自然而然，没有征兆，没有理由，就像大地上万物的自由呼吸，就像雪花飘落舅舅的牧场，任何诠释都显得多余。蓦然，晚霞掠过圣母般雪山的那一刻，我听得到我的心跳，也就是时间流逝的声音，就像一片离开树梢的轻叶，悄无声息地飘落在时间的边缘，于是我超然地仙坐于天上玛域，我的心获得空前的安宁……

阿尼胜保雪山

今天是 4 月 28 日，是我开始对贵德县神山圣水文化考察的第二天。一大早起来，清凉的黄河两岸氤氲在烟雾里，空气中飘着带有水气的草木清香。走进贵德县麻巴村，整个村子被白色的梨花和绿色的树木掩映着，层层田畴一片连着一片，在蒙蒙细雨中显得更加郁郁葱葱。最抢人眼目的还是那一棵棵粗大的柳树，枝杈像巨大的伞四周伸展，有的树干上自然形成的树洞可容纳二三个小孩，有的树桠间筑着喜鹊巢，这些敦实而饱经沧桑的老柳树，重叠着久远厚重的历史和现代社会的光影，它代表着一个地方悠久的文化标志，也深埋着这个地方盘根错节的文化之脉，给人以圆实饱满的心理抚慰。

我们穿乡过村，探寻历史遗留的根脉，通过对流散在各个村子耄耋老人的采访，惊奇地发现，整个文化之脉濒临失传，消亡速度之快是惊人的。每个村子仅有寥寥几个老人略知地方的风俗民情和神话传说外，这些流传于民间旮旯里的珍贵记忆，随着荏苒的光阴,渐隐在历史的烟雨里。

　　我们在麻巴附近的几个村子里迂回后,直抵阿尼胜保脚下的阿什贡村,沿着一面扇形的滩地逆河而上,过一座桥就到了阿什贡。从阿什贡向北仰望,就能望见坐在云端上的阿尼胜保群山,连绵的雪山隐藏在时隐时现的云翳之中,颇显神山的神秘和威严。

　　在村主任的带领下我们走进一户人家,朝南一件木制房内一位噶举派的僧人,正盘腿坐在炕上,村主任介绍了我们的来意,他微笑着点了点头说道:"阿尼胜保一年四季都护佑着这一方水土,无论是婚丧嫁娶,出门在外,或遇到危难之事,只要口诵阿尼胜保,他就旋即降福,十分灵验。他小时候常跟大人一起上山,一观阿尼胜保的真容,神山如洁白的玉块,又如冰清玉洁的宫殿,晶莹剔透,气象万千。其周围群峰巍峨磅礴,蜿蜒交错,各个像是呼之欲出、威力无比的守护神,附近有阿尼胜保吃饭用的桌子、马圈、经卷等,有的山形似展翅起飞的大鹏,如怒啸的狮子,酣睡的藏獒等,这些都是阿尼胜保的神兵神将。每值盛夏,丰富的冰雪融水汇集成无数条涓涓细流,蜿蜒纵横,形成千奇百态的高寒湖泊和瀑布。植物的垂直分布也十分明显,山麓河谷麦浪滚滚,山上是云杉、圆柏等苍松翠柏,阿尼胜保雪山山腰有金露梅、杜鹃、雪莲花等百花盛开,开阔的牧场林间栖息着白鹿、雪豹、棕熊、丹顶鹤、盘羊、岩羊等珍稀野生动物,是一块人迹罕至的世外桃源。

　　阿尼胜保山的背面是尖扎县,为了得到更多的关于神山的

信息,我们又取道尖扎。那天早上,我们在一位退休老教师的带领下,从尖扎县城出发,经措周到多让村,因附近有一个长石头而得名的多让村,依缓坡而建,错落有致,依然保持着乡下特有的朴实和宁静。因为五月初正是挖冬虫夏草的季节,整个村子的劳力倾巢而出,只留下空穴老人和留守儿童。我们在退休老教师的指引下走巷穿街, 沿着雨后松软的泥土七歪八拐到了一个沧桑颓败的土庄廓边, 门口有一棵粗大的老柳树掩映着有些斑驳褪色的门,门边堆放着一排排杨树枝干劈成的柴火。推门进院,院内是一排老式房子,门楣、窗檐子、檩、椽子、山墙都是用松木加工而成的,有些破旧不堪。从半掩着的格子窗望去,一方炕桌上垒满了层层发黄的经卷,房子的主人是一位白教的老僧人,他给我们让座后,随意地坐在一根剥了树皮的长木头上。听我们说明来意后,他一边拨弄着念珠,一边如数家珍地叙说着:"阿尼胜保是阿尼玛卿山神的第九个儿子,排名第十个神位,即此方保护神华旦东知依附于此山而得名。阿尼胜保坐骑为赤黄色马,左手持弓箭,右手持长矛,身披全盔甲,头带金色璎珞帽,全身金光灿灿,威风凛凛,有三员猛将即玛曼黄杰、占登黄秀、闷纳塞门。相传,莲花生大师到了西藏,想把阿尼胜保收为他的保护神,阿尼胜保却不愿唯命是从,昼夜兼程投身于阿尼玛卿雪山。翌年,他害怕莲花生大师,又悄悄地脱身,独自一个人千里迢迢、翻山越岭潜入热贡多让一带,遇一眉清目秀、妖媚万千的女神,就暗恋上了这位如花似玉的女神。女神一眼看穿他是吃人肉、喝人血的妖魔,就断然拒绝了他的求爱,然而在阿尼胜保的痴情追求下,女神深思熟虑后约法三章，要是戒掉这些妖气恶习，就答应与他完婚。此事沸沸扬扬地传开，引起热贡一带诸神山的怨恨，将阿尼胜保驱逐出热贡地界，阿尼胜保带着一腔怒气和爱意，依依不舍地到了风景秀丽的尖扎和贵德交界的山峦之中。相传，阿尼胜保的心里永远爱恋着热贡地方的女神，坐相始终左脸朝尖扎，右脸朝贵德，正前方永远凝神注目着热贡的方向。阿尼胜保为解心头之恨，每年施法力，因此神山东南方向常受冰雪之灾，而其南北一带却相安无事……"

约莫下午 3 时，我们在群科黄河边吃过午饭后，蜿蜒盘绕群山而上，就到了跃居于众山之巅的坎布拉景区观望台。从这儿俯瞰千奇百姿的丹霞地貌环绕的李家峡水库，就如散落在山峦中的一颗巨大的翡翠，湖面上倒映着四周神态各异的朱砂红地貌和高耸的雪山，宗卡吉日雪山、公保智纳神山、阿尼果什则神山等傲立天际，在阳光下熠熠生辉，折射出万丈光芒，远远望去千山万壑之间黄河蜿蜒而行，像一条幽蓝色的哈达飘绕山脚。

探寻神山的文化之脉时，数不尽的神山圣水的传说都在连绵群山间深深积淀，在追根这些神山圣水之中，云遮雾绕的藏族文化就渐露出了它的神秘面纱。在东半球亚欧板块的地球第三极，群山环绕的青康藏腹地，还没有一个民族像藏族一样如此敬畏和珍视身边的一草一木，一河一石，如对待自己的身体和兄弟姐妹一样。因此，藏人用无比慈爱的心守住了这方净土。

遥远的打麦场

立秋过后处暑将至，麦田里黄灿灿的麦穗在微风的吹拂下沙沙作响，预示着下镰之时指日可待,尽管麦地地角处有些肥力不足的麦子青黄不接,但这不影响大片麦子的收割,再不收割,一场秋雨过后,成片的麦子倒戈,在雨水的浸泡下成麦芽了,麦芽做成的馍馍又甜又粘又糯,倒是小孩们最爱吃的。

又是几天燥热的天气,村民们按捺不住性子纷纷扑向麦田下镰收割了,横七竖八的麦垛悉数散落在地,而在打麦场上村民们拔掉稀疏横生的杂草,铺上一层刚割下的芨芨草、马莲草等生硬宽叶的野草,上面洒一层水,而后把两头犏牛套好抬杠,系在横杠中间的牛皮绳子分成两股拴在石磙的木轴上,跟牛碾地的人在空中甩出个鞭响,两头牛便气喘吁吁地拉着石磙一圈圈地转,直到地面瓷实了才歇息。村妇们用木叉掀开碾烂的杂草,打扫干净,才显出场面的光滑平展来。霎时间,一场别开生面的驮口子序幕拉开了,当户户通有线广播里传来东方红歌曲时(那时广播喇叭有木制的圆形和方形两种，中间漏空，镶有向日葵、"忠"字图形等等，一根粗铁线从喇叭背面沿木柱插入地，有时为增加音量恶作剧似的在铁线入地处注进冰水，便会在"吱吱……嗞嗞"的杂音中传出更加激越雄浑的歌曲），我一股脑儿爬起，揉着惺忪的眼在骡驴的脊梁上备好绑麦捆用的鞍子，随身带上铁环出门了。铁环是孩子们常玩的，直径尺把有余的粗铁环，从接缝处活口可套上几个小铁环，另有一个头部 U 形套扣推杆，在大人们不注意时滚动发出嗞嗞声的铁环，急唰唰地驱赶骡驴扑向繁忙的田地里，麦垛旁，与大人各持两侧解开皮绳，先在鞍子两端各扎实两束麦捆，叫"嘎希儿"，是鞍垛之意，然后依次先尾后前各匝等数的麦捆，驮向打麦场。

早已等候在麦场的人，根据麦垛的燥干程度分离后拖往碾麦场，把干燥的麦秆均匀地散在场地上，整个麦场热火朝天，石碌碡沉闷的轰鸣声伴着皮鞭的噼里啪啦声响彻山谷，弥散在村子幽深的巷道里，那鞭梢在瓦蓝的空中划出一道道优美的曲线，不时还甩出金黄光亮的麦粒和柔软的麦秸，仿佛传递着秋天的质感和底色。经过一阵碌碡的碾、滚、搓、揉后，成片的麦粒散落在裂干碎穗的秸垛下，用木叉子把麦秸翻一遍，只余下零星的未脱落的秕谷。妇女们一字摆开一边说笑，一边齐唱着丰收号子，那空中半圆形飞舞的连枷上甩出的麦芒、秸秆像仙女散花般在麦场上空飘飘悠悠，四溅的麦芒见缝插针般逆向钻进领口和裤角，弄得你搔手搔腿，浑身痒痒。不知不觉中，连枷打脱的麦粒和麦糠用木锨铲出一堆堆小山，然后拿耧耙再次梳理出杂草秕穗。等

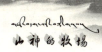

到下午太阳偶尔进入云朵起风了，村上年长的男人们不失时机地用木锨刮一小铲麦粒迎着逆风抛向空中，口中不停地吹着"嘘嘘"的招风口哨，一道道弧形的夹杂着细碎麦皮的粉尘，在风的吹拂下瞬间分离，黄澄澄的麦粒"唰唰"地雨点般坠下，麦场上熠熠生辉。妇女们头带锥形齐腰的布头巾"果洁"，用竹扫帚把晶莹的麦粒上星落的麦皮拂去。

当日头快要躲到山背后时，大人们一一散去，一座座高高堆起的秸草垛，就成了我们的迷宫，在柔软细嫩的草垛里，我们尽情地摸爬滚打着、嬉戏着，在草垛底下打出一个个曲径通幽的洞，洞与洞之间互相穿通，捉迷藏玩"地道战"等花样繁多的游戏。天黑了，打开手电筒，摊开只有乡下的孩子们才拥有的隐秘，那滋味却胜过一切……

云端上的阿妈索格

从苍莽逶迤的大自然中来，起初的人类游走于自然界的云谲波诡、波澜壮阔之中，闲散于险、奇、幽之间，练就了与自然水乳交融的本领。而当下人们整天忙碌于喧嚣纷争之中，很多长于自然的天性也逐渐退化而变迟钝，疏远了对自然的亲近和灵性。

我却迷醉于大音希声、大象无形的自然界，因而多次义无反顾地扑向自然。在海南的千沟万壑中，有幸亲近贵德尕让山水。尕让，藏语"尕希尔"，意为呈白色而壮观的地域，初居此地的村民早先从今甘肃甘南碌曲境内的群科尔十二族之一的"尕希尔"部落迁居此地，渐成村落得名，有加洛乎(骑士休憩地)，千户原为白玛寺四大香火部落之一，藏语为才格夸托，"才格"为"群科"，"夸托"为"府邸"，全称意为"群科村内的府邸"，该村土著村民早先从化隆群科藏族村迁居此地，村内有尕让千户府地。尕让以西约 3 公里处的拉托匝、"查曲囊"(意为咸水沟)，有尕哇、青木加、关加三族，这三族皆属尕让十三族或十八族，"省麻囊"(意

30

为红土崖湾），"东干塘"（意为大树滩），"那加"（意为最下面的村落），"亦什扎"（藏语音，藏族古代部落名），因该村土著先民源于藏族古代四姓氏之中亦磧氏的后裔所形成而得名，"拉及扎"（意为破庄廓山根的村庄），"巴如口"（意为牧帐聚集之地），"卓香喀"（意为麦田地），"阿什贡"（村内有玛措哇和才秀措哇二族，为尕让十三族或十八族之一，"阿什贡"系藏语音，因该村附近岩洞壁面有自显的"阿"字，以隐藏的形式显于此洞壁面而得名）。尕让古城，相传此城为古代霍尔国大将贤巴美如泽的驻防城，当年格萨尔王征服霍尔国期间，曾施神通将此城东面红土山的山头削下来破此城，而今还留有城南角一段残存的墙。

……

这些散落在尕让山河间历史变迁的印迹，让我们去追根寻踪尘封已久的民族记忆，体悟历史的温度和气息，仿佛触摸到掩映在地名里的远古记忆。

站在阿尼果什则之巅远眺四周，一座座山脉像无数个巨龙蜿蜒曲折延伸到黄河谷地，沉浸在云海之中的山谷若隐若现，一座座鹤立鸡群的山峰仙坐在云端之上，像是飘游在天堂仙国，自然界各种植物的气息扑鼻而来，远远望去，大自然鬼斧神工造化的地形地貌千奇百态、巧夺天工。由于复杂多样的地理特征，气候也呈现出从山顶到河谷垂直变化，山顶积雪，山腰有针叶林等耐寒植被覆盖，山脚丹霞黄土地貌，谷地清清黄河绕山缓缓流过。

一座座巍峨峻峭的山峰，环绕四周，东有贵德与尖扎的界山胜保山和扎麻拉山岭,南有扎麻日甘山,西有巴吉岗山,西北有阿妈索格山,北有姜拉山(青阳山)和果芒拉(拉脊山),东北有阿尼果什则山,滩原主要有叶桑滩、扎西滩、德吉滩、达尔尕滩、曲乃亥巴卡滩;河流主要有莫曲河、果热河、亦什扎河、尕让河等;著名温泉有德吉曲库。河流、河谷、群峰相伴而生,纵横交错,形成了贵德(藏意为万户长府邸)独特多样的地形特征,宛如镶嵌在青藏高原东部的翠峦叠嶂的地理公园。

富于梦幻,与诸神共居的民族,给这些奇峰异岭以传奇色彩和动人传说,共同守护着一方水土。在贵德县城西北的拉西瓦镇德亥龙村北约30公里,与拉脊山以南遥遥相望的美女阿妈索格山,是贵德与共和县、湟源县的界山,长约20公里,海拔4877米,系海南境内最高的山峰之一,浪玛河、叶禾龙河、德禾龙河和多热河均发源于此山间,山上奇石嶙峋,沟壑交错,苍松古柏,葱茏秀丽,绿草如茵,各种野花争相绽放,遇到阴雨天气,云雾缭绕,给人以"云海幻化飘欲仙"之感。据传,原先此地是一片汪洋大海,当时玛卿雪山之女就在这里静修约达九年之久,她用九桶牛奶作为供养敬献于观音菩萨,向菩萨祈求她的心愿,观音菩萨以其无量的悲悯和加持力,施法术在这片汪洋大海中长出了阿妈索格、隆宝赛乾和尕尔当匝三座山,而九桶奶子被作为供品依然摆放在阿妈索格山上。当地人为缅怀这位神女的恩德,将其亲昵地称之为"阿妈索格",并时常去供祭这位神女,我们依然发现这座山的颈部确有大小不等的九面湖泊,这九面湖泊形似灌满奶子的几个大桶,而依附于这座山的山神是一位女神,由此得名为阿妈索格，"阿妈"藏语指母亲或是女性，"索格"为"九个木桶"之意。

阿妈索格也称之为"九池神女"，系日月山的支脉，民间被誉为阿尼玛卿山的公主山。它冰清玉洁，秀丽端庄，用母性的温存与少女的优雅护佑尕让一带的山川河流。

远逝的村落

　　小满已过，满山遍野就返青了，布谷鸟捷足先登，传来声声吉祥，整个山河摇曳生姿，满目翠绿的田野飘浮着淡淡的雾气，生辉的麦苗、野草间一声声清脆的鸟鸣，把高原带到了梦幻的世界。在这纯真而舒适的时节，我们这些顽皮的伙伴带着弹弓，身背用柳条编织的背篓呼朋唤伴，摸到一个哑巴阿姐的房后土丘上轻声喊一只叫"仲曲"（牧羊犬之意）的猎狗，再一溜烟奔向野滩乱石的幽谷河边，将我们的心和身体彻底袒露着，就像轻风曼妙的层层麦浪，只有吹拂没有内容。当太阳爬到老高时，浸在晨雾里的村子也渐次鸡鸣犬吠了，就像线装的古书一经翻开，盘根错节的故事此起彼伏地发生。我们沿着村子北面缓坡上的一条羊肠小道疾行，心里蜜一样的淘气感恣意散发开来，懒洋洋的阳光也闲情逸致起来，和我们的心一道散落在沟沟坎坎里。到了"杂目坚"（岩石垒起的地方）旁，满地是蛐蛐的聒噪声，寻声望去，草丛中一个黑褐色的蛐蛐腿向后一缩一弹，"嗖"的一声即

34

逝,倏尔落在生有墨绿色苔藓的不规则青石上,这是一只健硕的
雄蛐蛐,通体发亮优雅,富有雕塑感,头顶一双细腻柔软的触须,
不时地前后甩动着,除灵敏地惊异外,还有一样闲适在内,优美
地舒展紫褐色光润的薄翅, 上下震动摩擦着半透明的美口发出
悦耳的声响,不经意间滑向"蝉噪林愈静,鸟鸣山更幽"的禅意境
界。当你蹑手蹑脚地靠近目标仔细端详,听着犹如天籁的和声。
你无法知道蛐蛐到底在抒情,抑或哀怨、喜悦,也只有蛐蛐知道。
或许就像有人所说,这是雄性向雌性发出的求爱信号。除了悦耳
的声音,雄蛐蛐异常好斗,三角形的头顶两根细长的触角直直竖
立,身体微微收缩,露出两颗锐利的牙齿死死咬住对方颈与躯的
连接处一决胜负,直至败方屈服,胜方才昂起头做出耀武扬威的
样子,倘若格斗发生在野草、农田、墙缝间,胜方会吸引更多雌性
蛐蛐。

　　从蛐蛐的玩味中醒来, 我们马不停蹄地穿林跨河去打一些
山鸡、飞鸟,寻觅那荡人心魄的鸟窝,常常惹得那五颜六色的猎
隼、杜鹃、山鸦、雀莺、啄木鸟、百灵、黄莺、八哥、白头翁、马鸡等
从草丛里、枝杈间、灌木丛中、山坡上惊飞。偶尔抬头仰望一只停
顿在蓝天的百灵,长时间发出"唧噍唧噍唧唧噍"的委婉清脆的
啁啾声。百灵鸟是草原上的精灵,体小而富有灵性,羽毛上的黑
褐色如盾状鳞,背部和腰呈栗褐色,腹部沙白色,嘴较细呈圆锥
状, 鼻孔上有悬羽掩盖,头顶一簇直立单角状黑色长羽构成羽
冠,行动诡秘,善于模仿禽类和动物叫声。每每在草丛或田埂突
地一蹿而起,垂直起飞,直冲云霄,在高空中久久扇动翅膀保持

平衡。正惊呆于百灵鸟的轻巧，冷不防一只红嘴雀"唏……恰恰恰"地在近处的沙棘枝梢跳来窜去，灰褐色的羽毛间镶嵌粉红相间的羽翅，朱红色的尖嘴下逐渐过渡到腹部的淡橙色羽毛，将这只红嘴雀衬托得更加小巧灵秀。我们耐心地观察着这只看起来十分急躁的红嘴雀，从它花哨的羽毛上看应该是雌鸟，不一会从地上叼起虫子飞落虬枝，窥视着我们的举动生怕发现它隐秘的窝，经过几许反复探视后"飕飕"几下钻进枝杈密集处的巢中，我们欣喜若狂地贴近鸟窝，小鸟妈妈"噗啦啦"惊慌飞走，我们像小猴样手脚并用爬上树梢一瞧，一个精致的鸟窝悬在树杈煞是可爱，手轻轻地伸过去小心翼翼地抚摸湿漉漉的雏鸟，羽翼稀疏的雏鸟们一个劲儿地翘首张嘴"唧唧"叫喊着等待食物送进来，我们有意捣蛋嬉戏着，正看得起劲时，远处的树梢上鸟妈妈急转着，再也忍不下去了，一声凄厉的啼鸣，"嗖"地向我们俯冲下来，我们三步并作两步撒腿就跑，来到林边心有余悸地目送鸟妈妈飞离远去。最值得玩味的是，寒露后，一场初冬的雪严严实实地覆盖了整个远山近岭，那是麦场最热闹的地方，宽阔起伏的场上垒满一簇簇从田地割来的麦捆，有的垒成亭子状，把一捆麦叉打开成伞状扣在顶部可防水，下面麦穗向上竖起可透风，青稞垒成一堵堵穗子向阳的垛子，把收割了的豌豆捆，挂在七八米长的木干竖成的三脚架上，交叉的部分用绳子扎牢，然后沿着三条支干垒成很高的晒豆干塔，中心漏空，再在底部开个洞用作通风口。因为在麦场堆起太多秋收后丰富的硕果，雪地上找不上食物的野鸡、野兔、野鸟，还有老鼠都一个劲地拥向麦场，恰好此时是捕鸟

套兔的最好时机,我们挖空心思用尽所有的机关。先是野兔,麦场周围围成的墙大多是岩石砌成的,麦场上顺着雨水的走向石墙下总是开一些洞,我们事先用马鬃捻成的细线,做个活口,另一头拴在木头桩子上,过上一二个时钟准会套住一只健壮的绒毛光滑的野兔,那便是伙伴们一顿丰盛的美餐,其中别样的滋味自不必说了。更为有趣的事,从家里偷偷地拿出母亲舍不得用的竹筛子,再找一件破旧的人工编织的青尼龙毛衣,拆开线头拉出长长的线丝,然后到麦场找一个视角好的空地扫开积雪,撒些麦粒,把竹筛子倒扣,用细木棍支起来,根部拴住线头,再找一处隐蔽的位置把另一头线拉直,当鸟群进入竹筛抢食麦粒时,猛地一拉,竹筛倒扣,便把群鸟扣在了竹筛中,捕捉的鸟中有麻雀、红嘴鸭、白头翁等等,待玩耍尽兴后放回山林,不敢带回家。

野菜弥散的地方

　　人的习性和灵魂是有根的，尤其是在童年少年时期生活的那片身体和心灵抚摸过的山川河谷，不失时机地种下了幼小的生命和儿时的梦。这片天地也有了天当幕、地成席的酣畅和舒坦，在乡下狭长而幽曲的巷道深处，撒欢的小狗，愣神的猫咪，交头接耳的家雀，构成了一幅乡村水墨画，清新、纯朴、真实。

　　"一夕轻雷落万丝，霁光浮瓦碧参差。有情芍药含春泪，无力蔷薇卧晓枝。"秦观《春日》的那种清新、婉丽的韵味也徐徐飘向藏乡老家。就在春的微煦里，在缕缕清风里背上柳条背篼，走向田间野地，挖有个叫"豆蛤"的野菜。"豆蛤"叶尖状如齿形，露出地面的部分翠绿鲜脆，深藏在土层里的白如软玉，鲜嫩爽口，摘取根部便是上好的田间野菜。把挖好的"豆蛤"用山泉水冲洗干净，煮熟后用漏勺捞出，再将沸腾的菜籽油泼上去，然后放入切好的肥肉丁、盐和花椒粉搅拌均匀，用擀好的面皮包成一个个有螺旋花纹并散发野香的包子，放在一笼笼木制的大蒸笼用旺火

38

蒸。约莫20分钟，嫩爽脆鲜的豆蛤包子热气腾腾地呈现在眼前，面皮精致，馅料爽滑，田野清香扑鼻。再说说家乡话叫作"洒韭侯"的野菜。谷雨过后，土庄廓的房前屋后，乱石残墙的阴凉处，墙角旮旯里处处疯长着"洒韭侯"，我们饶有兴致地去采那带刺的嫩绿叶片，由于"洒韭侯"的毛刺粘在手上，霎时就会有一股麻酥酥地扎痛蔓延开来，久久不能缓解。因此，每次去采摘便会戴上手套，等背上一背篼蓬松的"洒韭侯"，经摘选洗净后在滚烫的开水里浸泡良久，再捞出切碎，洒些盐即可，然后包在擀好的面皮里，同样用牛粪饼或干柴烧蒸，蒸熟的"洒韭侯"包子，味道清爽而野味十足，嚼之脆沙略带苦涩。据说"洒韭侯"是种稀释血液、降血压、清胃的灵药。家乡的野菜可谓种类繁多，数不胜数。初伏后，家乡话叫"卡地夏榕"（地皮菜）、"果尔稻"（野葱）、"然尔果"（野韭菜）、"智斯"（野草莓）等等，都给我留下了难忘的记忆。万物收获的季节，家乡的山河常常雾锁云罩，每每等到午后，在阳光的照射下，云雾渐渐地飘散而去，山坡上留下一两朵没有来得及逃离的白云，似蓬松的棉团，半悬在地上，此时正是捡拾"卡地夏榕"（地皮菜）的好时刻，小孩们个个臂弯里挽着竹笼，在草丛里、乱石间捡拾一片片嫩滑的"卡地夏榕"，一会儿工夫就拾满了竹笼，用柔嫩鲜香的地皮菜做的包子口味鲜美自不必说。就是这样的季节，满山间各类植物果实丰殷的光景，孩子们各自领着心爱的小狗三三两两结伴往大山里疯跑，在那熟悉的山谷里长满了成片的"智斯"（野草莓），趴下身体侧身仰望一颗颗野草莓在绿叶下垂涎欲滴，像一滴滴饱满的水球将要掉下来似的。我们迫不及待地摘着吃着,嘴唇、脸颊、衣服上沾满了红色的草莓汁,吃得太猛了有的打起嗝来,剩下的实在没有什么器具可装,就把上衣脱下来,袖子一头用绳子扎紧,袖筒里装满野草莓,藏在茂密的灌木丛间覆盖上一层杂草隐蔽起来,然后又到向阳的山坡摘"果尔稻"(野葱)。一丛丛金黄色的球状花果,在微风的吹拂下散发出阵阵葱花果味(果尔稻,学名唐古韭,葱属,多年生草本,鳞茎单生,卵形,鳞茎外皮呈灰黄色,近似纸质,不裂或顶端条裂,干时有光泽。叶具长鞘,叶片扁平,比花葶短,脉上粗糙,花葶下部被叶鞘,伞形花序具多数花,近球形,花梗近等长,基部具小苞片,花为金黄色或紫红色,先端渐尖,中脉明显,花丝伸出花被片外,内轮花丝基部扩大,明显比外轮的宽,子房基部具蜜腺,花柱略长于花被片。花果期7~9月。生于阳坡、灌丛、林下、滩地、沙丘等)。孩子们你争我抢地采下一把把"果尔稻",用"紫杜"(学名叫线叶蒿草)捆绑在一起驮在肩膀上,顺着弯弯曲曲的山路,小兔似的东奔西突,顽皮地取出之前藏好的野草莓,满载着丰盛的果实,煞有介事地回家。沿路上时而追捕兔崽子,时而抛石打飞鸟,时而捕捉惊慌钻洞的旱獭,只要洞眼处在山泉河的下游,就顺势引水灌入洞里,淹没的旱獭噗呼呼地窜出来,孩子们就恶作剧似的用石块拍打。直至暮色笼罩,才急匆匆地赶路。一进家门,焦急地等候已久的父母开始埋怨起来,孩子们在断断续续的唠叨声中,把累累硕果摊开在炕上,诱人的野味把全家人都吸引过来,有的品尝着野草莓,有的料理着野葱,母亲急速地剁碎野葱用沸油炝好,便是一道意味深长的佐料,调进母亲擀制的手工

面条里,那味浓郁在口里,香甜在心里。

有人说,对家乡最纯粹的记忆来自氤氲着老家气息的美食,那里蕴含着母亲的体温,蕴含着山泉和泥土的气息。

神话里的日月山以西

六月十八日,正是海南藏地初夏的开始,经过漫长而寒冷气候的保墒和滋养,到了初夏,处处洋溢着勃勃生机和绚烂翠绿,尤其地理和自然分界明显的日月山。历史上以日月山为界,一度成为藏汉之间的分界线,湟源成为茶马交易的重要聚散地。我们站在日月山山口遥望东西两侧,日月山以东,是油菜花耀眼夺目、麦浪滚滚的农区,日月山以西是绿草如茵、帐篷遍布、牛欢马叫的草原景象。这种特殊的地理现象,所形成的不同气候、不同风情、不同民俗人文的奇特之地,加之各路文人墨客对大唐文成公主美丽传说的生动叙述,更显出这块地方的传奇、厚重和异质。

日月山以西的广大地方,自古以来是藏文化的腹地,这里曾嘶鸣过吐蕃的战马,飘扬过吐谷浑人的旗帜,响彻过唃厮啰人的民谣。走进日月山以西,恰似走进了神话和神性的土地。在藏区对神山的崇拜极其虔诚,各种祭拜山神的活动比比皆是,以此来

山神的牧场

表达他们对神山的崇敬心情，祈求山神降福护佑。当你走进自然景观和人文景观浑然一体的藏地，就会发现大多数佛教寺院一般以神山为背景，选择山清水秀，草木繁茂的地方，在香烟缭绕中，烘托出一幅美丽的人间"仙境"。一种敬山养山的习俗，为高原大地营造了良好的生活环境，丰富了高原物种的多样性。自古就生活在青藏高原的藏族，逐渐形成了与高原和谐相处的文化生态，在这种生态思想的影响下，呵护并滋养了这里的一草一木，一石一山。也使这里的草甸、森林、草原、峡谷、荒漠、河流，高山大川、沼泽湿地呈现出原生态的自然景观，与寺院、牧帐、农庄、神山相融共生。藏族认为，自然万物是有灵性的，人应与自然界和睦相处，才能得到自然神灵的恩泽与守护，若凌驾于自然之上，必会遭到自然界神灵的报应，因而藏民族对神山圣水倍加崇敬珍爱，对周围的森林、草地、牧场、动物也倍加爱护，从而在守护了山川江湖的同时也守住了心灵的生态系统。

我们进入青藏门户日月山，倏忽间滑入神灵世界。倒淌河，藏语称"柔莫雄"，因该河流经柔莫雄川原而得名，该河发源于阿妈索格山西麓黑科村属地那赛果地方，从东向西而流，流经柔莫雄川原、黑科、东卫、蒙古、哈乙亥、黄科、甲乙等村冬春草场，并经青海湖东岸措那龙湖流入青海湖，其四周有"匝恰来"（多有扁石的花色片石山），"那日雪"（黑色富丽山之意），"珠姆札格尔"（珠姆的帐篷之意），相传是贡曼杰姆天姆特追踪格萨尔的途中为王妃桑金珠姆排忧解难，遂以圣力所支的帐篷。"可可惹"（呻吟山），因此山形似一头大象呻吟时的形态而得名。夏玛尔班智达更登丹增嘉措所著的《元者寺规章》中对此山有这样一段描述："元者寺附近有一座山包,远看酷似一头大象呻吟时的形态,故名'昆昆日',意为呻吟山。"

达角寺冈在倒淌河镇以北,"达角寺冈",藏语意为经幡山,因山顶立有经幡而得名。"代龙日甘",在倒淌河镇以西,此山山神为隆宝赛乾神子之一,是与隆宝赛乾山一脉相连的高山,干木日吉宁隆各部落群众为保护此方地气,祈求财运福禄,每逢藏历五月初五,在前往祭祀赛乾鄂博时,在此山一条沟内埋藏内装五谷等物的宝罐,"代龙日甘"的名称,由此而来,意为"宝物沟高山"。"措龙措登"在倒淌河镇驻地以东二十九余公里的尼赛贡喀以南方向,"措龙措登",湖名,藏语意为七湖沟,因阿妈索格山背后一条沼泽沟内分别有被称为神女洗脸湖、翠湖、珊瑚湖、珍珠湖、青金石湖、红宝石湖和智慧湖七个湖泊,这条沟由此得名七湖沟,其中较大的一湖在阿妈索格山上。据传,由于此湖具有加持力,三世达赖喇嘛等高僧大德当年在塔尔寺驻锡之时,被作为饮用之水,曾用骡马运输过此湖圣水,其余 6 个湖,均在阿妈索格山麓……

这些不计其数的神山圣湖,布满倒淌河地区,东到"尼达尼哈"(日月山山垭),"拉则尼哈"(鄂博山口),北至"夏日龙贡喀"(东沟山岭),"谢龙贡喀"(沙沟上部的山岭),南望 "浪龙尼哈"(高山柳沟山口),西北的"直哈多杰卓洛",意为忿怒金刚石崖,因这座石崖独自矗立,石崖表面呈棕色,且壁面自然凸起忿怒尊形象, 当地群众将其信解为莲花生大师八种身相中的忿怒金刚的身相。西面的隆宝赛乾神山,以及其境内的喜玛拉东,像一头大象横卧于倒淌河西北的青海湖东岸,为环绕青海湖巡礼朝拜路上的一处殊胜圣地,格萨尔史诗中又被称作"拉东诺布恪登"、"喜玛拉东",意为"七沙坡",形似国政七宝之一的七枚神珠宝。这七座沙坡,形似贡献福田资粮的供品,环湖地区的藏族视为岭国奇特的宝库之一,这是格萨尔故事流传最广泛的地方之一,喜玛拉东之地系格萨尔大王及其三十员大将的主要活动地带……

　　中国最美的湖泊之——青海湖,就在倒淌河西边,其周围由隆宝赛乾、夏格日、阿妈索格等神山庇护,每年有许多信徒慕名前来顶礼膜拜,转山祭祀,青海湖被藏族封为神湖,每年有许多信徒纷至沓来放生抛吉祥宝瓶。青海湖像一块巨大的翡翠镶嵌在青藏高原东部的山峦之中,每值盛夏在阳光的照耀下发出不同的奇异光芒,湖中有壮观奇特的"龙吸水"现象,有神秘莫测的"海怪"现象,环湖牧民中有人说海怪比牦牛大四五倍,有时浮出水面时,劈波斩浪,似龙非龙,头圆润无角,双目闪闪发光,有人说"海怪"的颈像鸵鸟般细长,头部像蛇一样呈三角形,似有水珠喷洒。夏日天气晴朗时,从南山细看湖面,隐约可见一只巨大的手掌印,据当地群众说那就是传说中的莲花生大师留下的。有贡宝东神洞,湖心山玛哈德哇,"才瓦日"(鸟岛,藏意为青海湖的胆肺),"朗庆切瓦"(二郎剑),先巴石头城(传说格萨尔把霍尔王大臣先巴美如子带到岭国监禁于此城中,因此叫先巴石头城)……

　　在青海湖的传说中松赞干布的大臣噶尔旦巴父子的传说尤为荡气魂魄,相传噶旦巴父子跋山涉水,到了野摩塘地方,渴得无法忍受,这时,儿子看见一只鹿用角顶开一块石板跪着前蹄喝水,鹿喝完水又把那块石板盖好,儿子把鹿喝水的情况说给父亲,噶尔旦巴再三地嘱咐儿子打完水后一定要盖好石板,孰料儿子很健忘,打完水后忘了盖井盖,那可是大海的天窗,只见浪声滔滔,顷刻变成了一片汪洋。这时,只见空中喷发的水柱上有一个小喇嘛,撩起宽大的袈裟,不停地扑着汹涌的浪花,附近还有一只灵鹫也在用翅膀拍打水头,一会儿工夫不再喷了,井口处耸立了一座山头。据传,那个小喇嘛是观世音菩萨,那只灵鹫是莲花生大师,他俩从印度搬来一座叫玛哈德哇山的山头,堵住了大海的天窗。

这些仙居在青海湖神湖内外的神山圣水形成了庞大的神灵体系,与慈悲为怀的世居民族融为一体和谐共存,平等相处,虔诚膜拜,真诚敬畏,共同构建了一方圣洁的净土。从神山圣水的神话考察中我们不难发现,在藏族人的精神世界中,雪山是灵动的、活着的,它有具体的名字,有丰富的内心世界和人的七情六欲,它在神山体系中拥有具体的排名、地位、法力和殊荣。因此上说,藏族人心目中的雪山是多样的、千奇百态又能各显神通。甚至每个神山喜欢穿什么衣服,配什么坐骑,或腰挎什么背囊,手持什么器具,或腾云驾雾,或穿山越岭,都在民间传说中呈现得栩栩如生,洒脱无比。

这些庄严、神圣、傲然挺立的连绵雪山是藏族现实生活和精神世界的庇护者、依靠者、引领者和规范者,视同自己的父母长辈兄弟姐妹。因此每遇神山必先煨桑、撒风马、祭拉则、献供品,

成为藏人生活的一项必不可少的内容,以此来祈福平安、安康,在与神山的对话和祈福中安抚了心,淡定了内心世界,增强了信心和力量,他们年复一年地坚守着宁静的雪山、牧场和江河,因而也坚守了内心的信仰习俗,对神山及其周围动植物的敬畏、膜拜和赞美中,悄悄地滋养着这一方宁静的土地。

穿梭在海南藏乡的山水间

　　穿梭在藏乡山寨牧帐，每到一个地方周围往往布满神山圣水，那里花草树木，浮云飞鸟，房前屋后，饮食起居等等都充满神性，甚至云卷云舒、草长草衰也满含神的灵性，恍惚间仿佛住在隔世桃源，与生俱来就与神共居，以至于对神的依赖贯彻于藏人生老病死的全过程。

　　在柔和清凉、满目翠绿的初夏里，我们沿着拉脊山盘旋公路缓缓而行，翻越海拔 3800 多米的拉脊山垭，顺着共贵公路向东南方向缓缓而下，南北两侧阿妈索格山和阿尼果什则山脉蜿蜒曲折向东而下，依附于阿尼果什则山的山神，为阿尼玛卿山神的一位神子。据说此山是果美九族的附魂山，"果什则"意为雄鹰拍翅，因此山形似雄鹰拍翅而得名。阿尼果什则东侧有"阿妈措齐"，意为神母汇集的湖泊，此山顶部有一天然湖泊，因传有一神女依附于此山而得名。阿什贡村东部，有"阿尼格尔君"，因当地保护神阿尼格尔君依附于此山而得名。在尕让乡驻地西北角有

48

"阿尼东日山",山势显南北走向,此神山为白马寺靠山,它主要由白马寺、亦什扎、千户、尕让等村所祀供。相传,阿尼东日为玛卿山神封为此山土地神的一位神子,他乐于保佑外来户和外籍诸善男信女。"东日"意为中间的山梁,因这座山梁坐落在千户和亦什扎两村之中间地带,且当地保护神依附于此山而得名。阿尼东日附近有"阿尼尕日"、"多旦冈"、"达喀冈"等众神山护佑,若你爬上阿尼果什则神山眺望四周,群峰像莲花开瓣状,形成波澜壮阔、起伏跌宕的地理奇观,远远看去镶嵌在绿树丹霞间的黄河像一块形状怪异的蓝宝石,发出幽蓝祥和的光。

我们走到千奇百态的丹霞七彩丛峰簇拥的阿什贡峡,此峡以其多样的地形地貌,斑斓的色彩,丰富的地理信息,传奇的故事已成为国家地理公园。出阿什贡就到了芦苇麦田遍布的黄河湿地,黄河两岸绿树成荫,丹山碧水、麦田农庄、颇似江南水乡,被誉为东部藏区的江南。

然而我们从丹山绿水的贵德进入贵南却是另一番景象,从农耕区过渡到游牧区,生活、语言、习惯等都有些略微的差别,顺着扎仓温泉沟攀山而上就是过马营,过马营藏意为多泉之川,因川原上多有泉眼而得名。有些当地老人称"果芒雄",辖过芒(多泉)、夏加(异地村落名)、麻什甘(美丽富饶的地域)、切察(异地村落名)、达拉(马圈)、多拉(石圈)、角色(黄发辫妇先民后裔)、直亥(白石崖)、查乃亥(黑羔皮村)等 11 个村,镇境东与贵德县河西镇、新街乡接壤,南邻森多乡,西临木格滩,西北临夏朵乡,北与共和县龙羊峡镇隔黄河相望,境内有滩地、高山、丘陵、沟谷相间分布,黄河在北缘自西向东蜿蜒而过,有霞石泽滩、过茫滩、木格滩等, 有"阿尼琼曼"、"阿尼直亥"、"阿尼瓦吾"、"阿尼巴才"、"阿尼浪钦"、"阿妈坚木"等诸神山簇拥。相传阿尼直亥山是阿尼玛卿神山之子, 很久以前夏什铎地区的百姓时常受妖魔袭击,不得安宁,阿尼玛卿神山得知此事后,委派当时驻锡在智盖赛宗圣山的阿尼直亥神子到夏什铎地区护佑百姓。当地 108 座山峰均朝向阿尼直亥神山, 阿尼直亥山神则巍然屹立于群山环绕之中,成为众山之王,时时护佑人们事事如意,吉祥安康,直亥神山的左膀右臂有三座山峰护佑,民间称直亥三兄弟,长子叫直亥热丹托美、次子叫直亥扎西东智,三子叫直亥关却久美。三兄弟平时身穿丝绸大氅,披金甲,头戴金盔,右边挎着插满神箭的虎皮箭筒,左边执着装有神弓的豹皮弓套,脚穿云筒靴子,全副武装,坐骑是能从风速飞越三界之骏马,并在马背上显出一派威风凛凛之相。位于莫曲沟的牟日玛山是直亥三兄弟的母亲,直亥三兄弟还有三个妹妹,大妹叫德盖玛,未出嫁,其周边有几座小山丘,民间称是德盖玛的私生子。二妹叫坚木,全名叫坚确茂叶玉热哇坚,虽嫁给阿尼巴才,全名叫阿尼巴才东格托角坚,但因感情不和而返回娘家,途经阿尼瓦吾山前时,因驻足回眸,便永留此地,从左侧看上去山峰微微向后倾斜,显出羞涩之状。近处有一座叫德夏雄努占登或阿尼加杰的神山,据说是她的情人。三妹叫那玛秀茂,位于热贡古德地区。阿尼直亥有众多臣僚眷属,其主要有托帝匝甘、王恰叶、瓦吾三兄弟、嘎忠丹君等。托帝匝甘为阿尼直亥的东门卫士(位于贵德都秀地区);王恰叶为阿尼直

亥的南门卫士(位于松多地区);瓦吾三兄弟为阿尼直亥的西门卫士,位于角色地区,相传三兄弟均为守护阿尼直亥西门的卫士,长兄叫瓦吾格日智贝怀,坐骑称风速橘黄马,身着褐黄色袈裟,头戴黄帽,恰似格鲁派寺僧模样;二弟叫瓦吾仁增特吾切,乘宽背野牦牛,手持密宗大鼓,俨然像密宗瑜伽师扮相;三弟叫瓦吾扎登多吉则,骑闪电黑骏马,披甲顶盔,全副武装,好似一位勇士装束。嘎忠丹君为阿尼直亥的北门卫士(位于贵德都秀地区)。阿尼直亥还有三公子,即妻杰克托拉三兄弟,取媳阿尼玛卿神山的三个公主给格拉莫本松(位于茫泽地区)。

我们顺着山脉的走向前往阿尼巴才山所环抱的野草茫茫的瓦秀塘(意为"瓦氏部落驻牧之地的滩原",藏族古代六大氏族中的芩氏支系,即芩十八大之一的瓦秀氏部落,因长期在此滩驻牧而得名)出来,直驱过马营(意为多泉之地),其西面"木格滩"、"夏石铎塘"(意为夏雄沟上部的滩地),"直迪塘"(中邪毒母牦牛带其小犊之意),"念热塘"(盘羊角之滩),"果吾塘"(黄羊滩),从以上地名可见从前这里是水草丰美的野生动物乐园。过马营镇是一座新兴草原小镇,因此地为大型国营军马场而发展起来的,是农区和牧区的牛羊、农产品、日用百货交易市场,货物充足,人流量频繁。我们在此吃饭休整后,经木格滩向龙羊峡方向进发。木格滩,也叫木氏之滩,藏族古代六大姓氏之一的木氏部落曾入居此地繁衍生息,木格滩草场广阔平展,颇有沧桑雄浑之美。在这有些荒凉寂寥的平滩,大约跑了一个小时左右的车程就到了龙羊峡南山之巅,伫立凝视黄河两岸形成的奇特怪异苍莽巍巍的地理结构，翠绿的黄河弯弯曲曲地沿着形似利刀切割般的悬崖绝壁急速穿行，遭遇下游拉西瓦水坝的堵截形成了宽大而蔚蓝色的平静湖面。对岸隆宝赛乾山、瓦尔环山、阿玛索格山直插云端。

隆宝赛乾山，在恰卜恰镇驻地以北的青海湖南岸。东西长22公里，海拔4511米。山顶风蚀裸露，山体丛生高山柳等灌木、乔木和牧草。"隆宝赛乾"系藏语译音，意为大金冠臣子山。根据民间流传的相关藏族神话和《黑科部落史》等史书记载：吐蕃赞布时期，松赞干布的四大重臣之首禄东赞（全名为噶尔·东赞宇松）生前尤为垂青青海湖，禄东赞及其子孙曾长年屯兵驻守在青海湖南岸的隆宝赛乾山南北山麓一带，为当地百姓的安泰建功立业。禄东赞去世后，化为当地保护神，附魂于湖边这座高山，遂称之为"隆宝赛乾"进行祭拜，且相沿成习。之后，此山神不仅成为由当时吐蕃东境守军后裔形成的此地诸多藏族部落，即散居于青海湖东西两岸及隆宝赛乾山附近的吉宁龙二十三族世代祭祀的地方保护神，而且成为临近赛乾山南麓恰卜恰镇附近的加拉、尕赛、果美香卡、格拉七族等诸多藏族村落共同祭祀的地方神。

隆宝赛乾山东面遥相呼应的阿尼瓦尔环山，在龙羊峡镇驻地北部，地处隆宝赛乾山脉东段。最高点海拔3816米。"瓦尔环"系藏语译音，意为"中间的神山"。据当地诸老人说，今上果美部落保护神多丹项秀之父被当地人称为"阿尼瓦尔环"，阿尼瓦尔环是玛卿邦拉山神之环波即孙子（藏文书面语中称孙子为

52

"环波"），因阿尼瓦尔环所驻锡的这座神山位于玛卿邦拉雪山与高峻的阿尼果什则神山（在贵德县尕让乡与湟中县群加乡交界处，据传是上中下果美部落的附魂山）之间而得名，"瓦尔"（藏语意为"中间"），又因阿尼瓦尔环是阿尼玛卿山神之环波而得名"环"。故"瓦尔"一词同"环波"一词的前缀"环"字合二为一形成了"环波"这一神山之名，并沿用至今。汉文曾译作"瓦里关"。另，由于藏传佛教徒一向崇尚白色，出于祈求三宝尊成就某种殊胜缘起的非凡心愿，藏族地相学家将形似右旋白螺的瓦尔环山誉称为"东日尕尔沃"，由此这座圣山藏语全称为"瓦尔环东日尕尔沃"，意为"瓦尔环白螺山"。而藏族地相学家看来，"瓦尔环白螺山"的顶部是白螺的螺口，因而在其顶部筑有瓦尔环鄂博，上果美部落信教群众每逢藏历六月十三日，定期祭祀这座神山。

梦落隆务寺

　　从金碧辉煌的上下吾屯寺出来,穿越麦田农庄迂回而上,不一会儿就到了横跨隆务河的热贡大桥,而隔着隆务河峡谷,对面西侧一条山脉蜿蜒向北, 南北走向的隆务河在两山之间的谷底奔腾,热贡大桥横跨峡谷两岸。黄南州的州府和同仁县的县府,就在这里。峡谷两岸形成两阶台地, 第一阶是临河而建的民居区,古朴安详,乃是青海省唯一的国家历史文化名城——隆务古城。古城上方的第二阶台地, 则是全国重点文物保护单位隆务寺,地处隆务河中游河畔阳坡。"隆务"系藏语,意为农业区。在安多地区,其规模、地位、影响仅次于甘肃省的拉卜楞寺和青海省的塔尔寺。寺院依山而建,布局错落有致,庄严宏伟。隆务镇北边,则是高楼叠起的现代新城区。更远处的河谷,绿树村庄,阡陌交错,鸡犬相闻,一派田园风光,每到天气晴朗的清晨,绿油油的麦苗上总是飘散着桑烟。这就是名为"热贡",意为梦想成真的金色谷地。

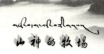

山神的牧场

据《安多政教史》记载，早在元大德五年（1301 年），这里已建有藏传佛教萨迦派小寺，至 1426 年前后，当地名僧三木旦仁钦与其胞弟罗哲森格维修并扩建了该寺。三木旦仁钦的祖父阿米拉杰出生于前藏念青唐拉山下的丹科绒吾，是一位专修密咒的瑜伽师，并擅长医术。他受大元帝师八思巴的差遣，来到隆务，其子隆钦多代本为隆务土官，生有 9 子，长子即为三木旦仁钦。他自幼出家，曾拜夏琼寺创建者顿珠仁钦为师，并受比丘戒。顿珠仁钦也是格鲁派创始人宗喀巴的启蒙老师。

明万历年间（1573-1620 年），格鲁派已在青海地区很有影响，隆务寺遂改宗格鲁派。在明王朝的扶持下，由该寺僧人与当地群众建成大经堂。明天启五年（1625 年），熹宗帝题"西域胜境"匾额，悬于新建大经堂门首。1607 年，夏日仓噶丹嘉措诞生于隆务家族，被认定为三木旦仁钦的转世，从而逐渐形成了夏日仓活佛系统。1630 年，噶丹嘉措开始主持隆务寺，并创建显宗经院。清乾隆三十二年（1767 年），一世夏日仓被乾隆皇帝封为"隆务呼图克图宏修妙悟国师"，成为隆务寺寺主和隆务寺所属十二族政教首领，历辈转世，在同仁地区行使区域性的政教合一统治。该寺于清雍正十二年（1734 年），由第二世夏日仓阿旺嘉措建立密宗学院，清乾隆三十八年（1773 年），由第三世夏日仓根敦赤列拉杰创建时轮学院，从而发展成显密双修的格鲁派大寺，僧人最多时达到 2300 人，下辖有数十座属寺，寺内供释迦牟尼等数十尊塑像，造型精美，庄严肃穆，尤其宗喀巴大师像高 11 米，通体镀金，嵌满金玉宝石，更显得金碧辉煌。寺内珍藏各类艺术精品和珍贵文物，有明宣德赐封的"弘修妙悟国师"牌以及明天启五年由明帝题赐的"西域胜境"匾额。还有众多造型精美的佛像、壁画、堆绣、唐卡等艺术品以及浩瀚的佛教经卷典籍，成为省内又一处佛教艺术博物馆。

隆务寺历代多出高僧，著述颇多。其中《夏日仓噶丹嘉措全集》、阿绕仓所著《天牍柱式》、堪钦仓所著《辩论初阶》等最有影响，广为流传。建有天女殿、灵塔殿、观音殿、文殊殿、曲哇殿及显密宗学院。

走出沉静在梵贝佛音里的佛殿，已时近黄昏，整个寺庙被晚霞笼罩，走进一条幽深的巷道，一位纤弱的女子，左手拨弄着念珠，三步一叩往前踽踽前行，在两边绛红色院墙的衬托下更显得空灵和幽静。当她缓缓起身时，偶尔一回眸，眉宇间聪慧中透出几份淡定，但面孔明显有些消瘦，腮颊下垂，时光似乎在这位女子身上磨砺出了沧桑和厚实。或许是因为佛缘，她坦然地向我缓缓叙说着她的经历："我是台湾人，原先做外贸生意，一时间满世界飞来飞去，有时候天上的时间比陆地上的还多，除睡眠外电话也似乎从不离耳旁，金钱也雪花般地飞向我，赚了个盆满钵满……"听来，她由于经历了丈夫的背叛及其他缘故，便去了趟拉萨，在西藏的日子里她逐渐领悟到时光的味道，仿佛发现身体里长出轻盈的翅膀，眼前恍然开朗。那些旧时光里吸着鼻烟闲聊的老人，划过蓝天的鸽哨，树枝间上下蹿动的麻雀，晨光里静坐冥想的僧人，都与她相依相存。她说："从那以后，每年抽空到尼泊尔、不丹及藏区各地，只有到了这些地方，我的灵魂才能安宁，可

56

以说藏地就是我前世的缘。"说话间她的身体又匍匐向大地，在夕阳的光辉里像一只即将展翅的飞鸟，在渐渐远去的背影里我记住了这个纤纤台湾女子——张颖。夜色逐渐朦胧，幽暗的巷道愈加宁静，偶尔螺号响起，在僧舍的平顶房上，三三两两的小沙弥们开始放开稚气未脱的嗓门背诵经文，恍然间，我似乎找到了曾经迷失的真实，整个世界空前地变得富足。

凹村乡俗

俗话说："三九四九冰上走,五九六九沿河看柳。"农历腊月初八,四九的最后一天过后,村头含春的杨树就开始玉润饱满起来,春的信息就会融入自然万物。但在四九的寒风里,乡村的山河没有了形容词,没有了渲染,大自然风骨韵致也被收敛起来,农田山寨一览无余,村子比以往多了些只有在乡下才有的静谧、空旷和萧瑟,空荡中隐含禅意。

就在腊八这一天,在那间用松木装饰的属于父亲的农房里,我强压着泪水和心口深隐的触及我灵魂的痛,坐在父亲的身边抚摸着父亲因浮肿而隆起的脚背,尽力掩饰着内心的痛楚生怕父亲发现。父亲盘腿正襟危坐,颤抖着双手扣好了最上面的那枚纽扣,用尽最后一口气,平静地使唤着母亲打开一件洗白了的包袱,里面有叠得整整齐齐的藏服鞋帽,说着又打开了一件相似的包裹,——交代着去处,又简单地评说着他的一生。父亲的一生悲喜参半,有劳其筋骨,苦其心智的中青年时期,又有操劳中渗

山神的牧场

透短暂幸福的晚年生活，追忆着那个年代乡村的苦难史和辛酸史，他轻轻地说："我走后丧事从简，免得伤及乡里乡亲，不要悲伤，生老病死是无常的，谁也经历，要照拂好你年迈的母亲，不要怠慢她，我走后一切如旧……"最后嗫嚅着嘴唇，似乎喃喃自语，眼角挂着泪花，最终没有落下来。父亲就这样平静而超乎寻常的撒手人寰，直至生命的最后一刻仍然保持一个老人的尊严。我知道父亲还有一些隐藏在内心深处的话，那是一个沧桑老人铭刻在生命底色的话，父亲一生用劳累、诚信、坚韧、刚毅和隐忍的人格魅力，直至生命的最后树立起了一个长者的尊严，坚守着一个男人的信仰，带着乡俗民亲走了，直到最后依然那么清晰而有条不紊，那么坦然宽厚，似乎是赶一场属于男人，确切地说只属于父亲们的某种庄严隐秘的仪式。父亲来自贫瘠的土地，诚实如同大地的本色般完成了一个父亲一生的草根情怀，我也刻骨地感受到视死如归所深藏的含义，也诠释了一个普通得再不能普通的老人临终时的纯粹和干净，利落得如倏忽起飞的鸟。

父亲就这样悄无声息、宁静安详地走了，临终姿态吉祥，脸颊微微红润而充满仁慈，并不显出孤单、恐慌和焦虑，这应该是一个乡村老人心怀慈悲、长期修行临终时瞬间获得证悟的业力吧，在法性中阴中应该找到了那个愉快的温馨的光，在本觉智慧的引领下他应该已经放下了欲望和执着，放下了贪、嗔、痴，寻找那个没有痛苦、没有忧伤的极乐世界。但愿如此……

父亲走后的那段日子，本该静穆的村子，更沉浸在某种寂静里，亦如空荡的天空抽走了某种依靠，原本有灵气有光泽的空气也满含悲凄。尤其到了夜晚,夜空中璀璨的星星仿佛也用特有的方式哀思,唯有灵前供养的酥油灯闪闪烁烁,祈愿亡者心生欢喜,不迷茫于愚痴和迷惑,迅速脱离悲悯,获得智慧,让灵魂清净,让平生所造的福德善事自然浮现心中……

父亲走后,村子里的人摩肩接踵带着哈达和水果供品到灵前磕头诵经致哀,手持经筒和念珠的村民们,昼夜不停地念诵观音菩萨六字大明咒"唵嘛呢叭咪吽",齐声长诵的嘛呢长调,忧伤而响彻云霄,如触抵灵魂的窃窃神语,让人置身如梦如幻的另一个世界,使人震撼,使人安详。对父亲的深切哀思和庄重道别,让这个朴素的村子显得更加珍贵和厚重,是对老人也是一个村子对一个过世老人最庄严的仪式啊,在这真真切切温暖和慈悲的祈祷和祝福声中,我相信亡者的灵魂一定有一种力量带向极乐净土,我的心空前得到抚慰和安顿。

送葬的那天,按藏族乡村习俗,要举行道别仪式。一位长者说完亡者的一生功过后,对亡者安慰道:"心怀慈悲,不要恐惧和孤独,生老病死是苦的,放下世俗的留恋和执着。我们多么爱你和思念你,但我们相处的缘已尽,你已去世,除了离开别无选择,只有一个信念往生极乐世界。"告别完,家人、亲戚、乡亲们在哭泣声中一一道别,只留下儿孙们送灵。那天凌晨,该是黎明前的最后一次黑暗吧,儿孙们在沉重肃穆里疾步前往乡村的火葬场。寒风里,寂静的村子好像没有任何生命的迹象,在黑夜的笼罩下我似乎被一个巨大的深邃的黑洞将要吞噬般,我再一次陷入了一个更为虚妄的孤独中,显得那么无助和脆弱。渐渐地,天空和

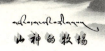

大地之间、远处苍茫的山岭、空旷的田畴、朴素厚实的土地、闪着白光的河床有了轮廓，那曾是父亲的山、父亲的田野、父亲的河流啊！此刻，父亲的身影便猝不及防地进入了我的视野，一个个劳动的背影像一部部褪色的黑白电影一样一幕幕浮现在眼前：在褐黑色的田野上，佝偻单薄的身子与炙热寂静的阳光的影子叠印，他摒弃尊贵卑贱，拒绝嘈杂喧闹，一次次清净无染、义无反顾地渗透土地，直抵心中的麦地；在村子傍晚的霞光里，父亲那双瘦弱嶙峋、结满老茧的大手像一枝圆润丰硕的麦穗……如果你不是一个地道的农民之子，如果不感悟耕耘和收获的苦难和喜悦，你就读不懂他的语言。自那以后，尤其在别处不真实的秋天里，怀念父亲，怀念老家，怀念田埂的草丛里传出蟋蟀、野鸡及一些叫不出名的鸟虫的声音，还有黑褐色耕地散发出的泥土的气息。父亲就在这样的田间黝黑的土壤里操劳牵挂一生，在烈日当空的秋日里，佝偻着瘦弱单薄的身子缓缓犁地，朴素粗陋的衣裤，看上去并不相配，像是硬给凑合上去的，汗水湿透了明显短小的衣衫，在脊背上形成不规则的图形，透过被汗水湿透的贴身衣服，脊背上留下纹理清楚的骨架，像骨瘦如柴的老牛用尽最后一口力气，但只要面对相依为命的土地，才会显现特有的灵气、智慧和灵感，他用细腻的胳膊紧握犁柄晃动着身子，却左右逢源，这一切像是一幅绝世的油画……而这一切在我的视线中摇摇晃晃地走远，身后留下的一道道土地的纹理熠熠生辉、诗意盎然。这是一个一生忠于土地的老农用卖力、能耐、较劲、操劳所勾勒的生命弧线，一个地道朴素的庄稼人耿直勤朴、隐忍内敛的农民本色。亲爱的父亲,兴许从你呱呱落地时,就注定一生的辛酸,像跟其他善良普通的农民一样,经历了"解放"、"土改"、"宗改"、"四清"、"大跃进"、"农业学大寨"、"生产队"、"文革"、"人民公社"、"联产承包"……这些中国农民耳熟能详的辛酸经历,像是麦茬板地顺势掀翻的泥土,一垄一垄犁完后又趋于平展,又像是耐心极强的老马,所有的恩怨委屈往心里咽。父亲经历了怎样的身心坎坷,只有他自己清楚……

父亲一生很少出过远门,一直到七十余岁以后,步履蹒跚时,挪动着疲惫的身子到拉萨朝拜,临近大昭寺时,父亲双手合十久久瞻仰着,汗水夹杂着泪水,顺着满是皱纹的脸颊扑簌簌落下,抽泣着哭出声来,那声音里隐含着的神秘的内心密码,是那么简单而又纯粹,这是我平生第一次听到父亲的哭声,至今想起依旧异常沉重和伤感。后来到五台山、北京雍和宫,再到了天安门,父亲久久伫立凝视着毛主席像,倏忽间满含泪花,我十分诧异,我想可能那个年代的一个普通农民对毛主席、对北京天安门,都有着某种特殊的复杂的情结吧,也是一个一生面朝黄土背靠天的农民最朴素、最简单的情结吧。父亲也是一个容易满足的人,回到村里,逢人就夸儿子、儿媳,多次在电话里或者见面寒暄时表露出切切感激之情。

父亲走了,我心中留下永远的痛,留下落满灰尘的犁铧、温暖的炊烟、清凉的河水、厚实的麦草垛、年迈的母亲,还有那个孤单的杯子和拐杖……此后满山遍野下了一场厚厚的春雪,朴素的村子又恢复了往日的宁静。

62

河北：最后的神话

　　路上一片生机盎然的大草原从眼前延伸，光亮的黑色路面直通河北草地，进入同德县河北乡府所在地靠北，有一块扇形开阔的草原地带。三面环山，山坡上簇簇翠柏郁郁葱葱，青翠欲滴的绿草像一条巨大的绿毯铺满山沟，山崖嶙峋奇特，整个草场像一幅清新秀美的草原风光画，令人畅快淋漓。这块迷人的地方，相传是格萨尔王的战马场，东边像"火车头"的山头，是格萨尔每每出征时的煨桑台，东北两面的山崖上布满奇特的洞穴，其中北面半山腰上的洞穴是僧人密宗修行的地方，地形险峻、奇幻，令人惊叹。临近黄昏时刻，我们依依难舍地离开此地。

　　次日大清早，我们早早起床，静静地站在乡政府附近的草地上，对岸起伏的山峦间淡淡地飘绕着白绸般的云雾，四周的山岭奇峰耸峙，林木葱茏，峡谷险峻幽深，绵延起伏的草场，如同用水清洗过一样碧绿欲滴，幽静的山谷，清新的空气，古朴苍劲的山岭，使人恍若进入另外一个世界。深情地感受清晨的草原后，当朝阳的第一抹金色光芒洒向大地时,我们又到了被誉为"格萨尔马场"的草地,顿时感到傍晚和早晨的景象完全两样,草场周围的柏木、山峰、草地层次分明,错落有致,太阳的光线照射的每一个地方显得格外灿烂夺目,像是用纯洁的鲜奶洗过般,蓝天、白云、碧草分外透明而富有光泽,着实令人激动。从此地折回乡政府后,我们又驱车前往"老虎寨",沿宁果公路往东约5公里进入丹霞风貌的峡谷地带,两岸苍松翠柏,奇峰林立,真可谓水清山奇林秀石异,进入峡谷,公路对岸有一开阔的平地,涉过一条河就到了树林茂密的深谷,这块林地清凉舒爽,是人们消夏避暑的天然胜地。从这块林地向西望去,狭长的山谷向东北延伸,我们沿峡谷爬坡而上,穿过密密的草丛和松林,就到了一块椭圆形的开阔地带,周围奇峰耸峙,直插云霄,山崖上洞穴遍布,这就是被当地牧民称为虎寨的地方,很早以前这一带曾有老虎出没,地势险峻、奇特、清幽,是一块难得的僻静之地。从这儿绕道向西再往东北方向走去,沿河滩向上看,又一座丹霞风貌的山峰,在这座山峰的边缘有一奇特的山尖,山尖直插蓝天,这座山尖相传是珠姆挂奶桶用的奶钩。绕过奶钩山往里走,又是一座山峰,山崖上有一形似人腿的逼真地貌,相传格萨尔出征时劈下的魔女腿挂在山崖,以此示众来惩罚魔鬼。此山对岸的山脚有一巨大的岩石拦腰截断,据说格萨尔出征前试看战刀的锋利时,被劈下的。此岩石的正对岸山坡下有一巨石,形似猎狗,据说是格萨尔心爱的猎犬,从猎犬石往里看,在一块山崖上洒满星星点点的光芒,相传是珠姆特意给格萨尔晒的"曲拉",进入这块满是神话的地

方,仿佛徜徉于奇异的世界。下午3时许,我们向西往鹿场方向进发,又进入一道狭长的峡谷,河两岸三块巨石遥遥相对,相传是珠姆熬茶用的三石灶。往里顺着清澈的河流逆河而上,在缓坡上一块肥美的草场被铁丝网围住,里面一群鹿在悠闲自在地吃着草,鹿场旁边一座岩石堆成的山丘,藏语称"赛若",意思是金桩山,相传是格萨尔拴马用的金马桩。从鹿场回来,我们沿宁果公路向著名的格鲁派寺院拉加寺急赶,在向导的陪伴下,不时登上更高的山峰领略河北大草原的磅礴气势,在群山交错环绕的地方,一山兼有百山之形态,可名副其实地称作山的世界。经向导的指点,沿途目睹了仙女玩耍的地方,此地景色秀丽,山石栩栩如生,近处还有一处泉眼清澈透明,沿岩石飞泻而下,跌落河谷,此河叫圣水瀑布,据说此泉对皮肤病、胃病等有特殊的疗效。过了圣水瀑布,再翻过数座山梁后,拉加寺尽收眼底,旁边黄河蜿蜒而下,拉加寺依阿尼群英山摩天石崖,四周树木参天。拉加寺全称拉加扎喜炯乃林(藏语意为吉祥的发源地),为著名的黄教圣地,该寺由坚巴格西鄂赛尔于清乾隆年间创建,总体建筑布局严整,高低参差错落,三层高的大经堂雄居其间,可容纳千余名僧侣诵经,在建筑风格上,融藏汉艺术于一体,造型古朴、优美、和谐,殿内有众多的雕塑和壁画,工艺精巧,装饰华丽,令人叹服。当天临近傍晚时分,天气突然转阴,天空乌云密布,霎时下起豆大的冰雹,此行拉加寺我们虽未获得理想的图片资料,但又一次领略了藏传佛教的神秘魅力。

第二天,告别河北乡,前往此行的最后一个地方,此时天气异常变化多端，但心志依然十分盎然，沿途进入赛欠沟，向西望阿尼则迪日贡玛山雄居群山之中，直插云霄，好像将要戳穿天空。相传此山是阿尼玛卿雪山的儿子，山顶有一"鄂博"，据说是元末蒙古族先民祭神所建，每逢农历七月，信徒们从四面八方汇聚此山，煨桑、祭祀朝拜。沿途还见到雄立山边的卧虎山、大象山，翻过一座山垭，可目睹群山环抱之中的格萨尔"穿鼻山"，藏语为"知那后"穿孔鼻子的神山，相传格萨尔出征前告别岭国将士时，众将士坚定地追随格萨尔，格萨尔为使岭国将士免遭魔鬼残害，将众战神连在一起，并把其中的领头穿鼻孔拴在桩子上，从此永远定格在人间山峦之中。从穿鼻山绕山走进一条宽阔的山沟，就到了石藏寺，寺院依山傍水，气势雄伟。寺院始建于清乾隆二十三年(1758年)，全名"敦主惹丹林"。第一位寺主罗藏丹巴嘉措，该寺主曾在拉萨大昭寺正月祈祷大法会上，获"拉热巴"格西学位，后被第六世班禅大师册封为"精通五明的大班智达"，石藏寺被扎什伦布寺接收为子寺，班禅大师为名誉寺主，石藏寺的经堂佛殿、活佛宅邸和僧舍，构成了精美的艺术建筑群。特别是四十柱金瓦殿，顶部装饰有金幢、金鹿和祥麒法轮，外墙顶砌棕色鞭麻墙，镶铜镜，周围经轮上镶嵌着130多个银质梵文字，堪称建筑艺术之珍品。当天我们在该寺寺管会主任次成木的陪伴下，围绕石藏寺对寺院的局部和全景进行全面拍摄。约傍晚6时左右，我们与寺管会主任慈成木合影留念后依依惜别。

河北，这草原的王国、童话的世界、格萨尔的家园，这心驰神往的最后的人间香巴拉。

比隆:犹如隐秘在山谷里的
民间石砌博物馆

立冬前夕,我的"依德"山神们也披甲裹银张罗着过冬的准备,这些日夜守护着领地的以骑白马,戴尖顶白毡帽,穿白色大氅,右手挥舞着长矛,左手握着珍宝,威风凛凛的阿尼达里加山神为统领,其两侧依次是骑白马,戴白帽,右手持长矛,左手托珍宝的阿尼奥保切,骑黑牦牛,右手持金刚锤,左手握牛皮风囊的阿尼日钦,骑枣红马,右手持宝瓶,左手托莲花的阿尼万德木,这些住锡在高山之巅的护佑之神,常常以乘坐骑的猎人形象巡游在高山峡谷之间。

霜降之后天气渐冷,俗有"气肃而凝,露结为霜"之说,此后空气中的水蒸气在地面或植物上凝结形成细微的白色结晶体叫霜,预示着秋季的最后一个节气如期到来,也意味着冬天的开始。而在此刻,在老家的木屋里,轻轻地拉开尘封已久的窗帘,顺着门顶的经幡望去,挂在杨树枝杆上稀疏的叶片带着夏的记忆飘落,也带着黄铜质地和死亡的声响飞向泥土,那该是生命最后的绚烂和虚幻吧，远处夹持在智然角和白底岗两峰之间的阿尼奥保钦像银色金字塔，寒光耀闪地耸立在云端上，恍若一幅隔世的巨型油画，挂在蓝天白云间。这时，弟弟乘着清晨的爽朗和清净，信步走进院落台阶右侧的桑炉前，燃起柏枝松叶给山神煨起桑烟，糌粑香柏混杂的烟气飘散在屋檐下，晨曦金粉般的一缕缕阳光洒在山巅之冠，发出一缕缕紫色的光芒，仿佛一位披甲骑马的武士将乘云而至。

此时，太阳光辉洒向田间院落，村背面褐红色的娘藏山在阳光的照晒下更显出它的风骨和韵致，与蜿蜒在娘藏山下的贺隆布村的土庄廓相比，坐落于智然角山下的比隆村石头砌成的一间间形状各异的房屋，像是一个个奇山异石垒成的石头博物馆。

循化道帏藏地是一个多山多石的半农半牧区，尤其是比隆村(藏意为猴子的山沟)傍山依水，这里几乎遍地都是形状各异、硬质极佳的建筑用地的天然石料。道帏人赋予以名字，如"疙瘩石"、"大扁石"、"腔石"、"削石"、"坐石"、"边石"、"石脚"、"手石"、"尾石"、"头石"、"垫石"等等，使冰冷的石头富有了生命和温度，用天然石头和古老技法砌成的墙，古朴中渗透严谨，散乱中彰显整齐划一，使圆扁不一，大小各异，薄厚不均，规则不同的石块经过石匠的慧眼和技艺，把整个墙体熟练地砌成端正垂直、棱角分明、连贯有序、不偏不倚、坚如磐石的石头房。

道帏藏区的藏式墙是完全使用天然的原料和原始的技艺垒出来的，有一套最科学的砌墙法，原料就是石头，技艺是最简单的手量目测。一般来讲，石砌队伍由领头、助手、砌石工、运石工、

山神的牧场

和泥工等组成,领头的责任非常重大,负责开工、审查、验收等,其他人则各司其职、各负其责。在整个过程中,他们完全不借助任何现代机械,如砌石工和运石工之间要前呼后应,配合默契,砌石工要何类石头,运石工要一一就位。

每垒一层墙需要三种石料和十三种工序,三种石料是:主石、衬石、垫石。主石是垒墙的大石头、小石头,用以填补主石和衬石间的缝隙。十三道工序是:垫墙衬石、填眼石、堵缝石、浇碎石、补丁石、饰面石、铺封石、压盖石、抹泥石等。所有工序的操作非常严谨,一丝不苟,漏做或做错一项工序都会导致返工。表墙部分还需要不同颜色的五种石头,即青、花、黄、红色石头,用他们来形成五颜六色的吉祥图案。此外,还需一种科学的泥配料,它是一种黏合泥,但它不是水泥。它是来自山沟里一种叫"阿占"的岩石土,将这种岩石土搅拌发酵半个月后,垒墙时砌一层石抹一层泥,年代越久粘得越牢,久而久之,使整个石墙融为一堵坚固的石墙,历经沧桑却如铜墙铁壁般坚不可摧。

道帏自然风光奇特,文化底蕴深厚,其建筑砌石技艺常令人所津津乐道。道帏石砌技艺是藏区民居中独树一帜的建筑艺术,分布在道帏宁巴、比隆等村落和寺院中,因此石砌技艺是该地区藏族先民的建筑艺术杰作,具有悠久灿烂的历史。

道帏民间的砌石技艺称之为"叠石奇技"。自然,民居是石砌建筑的母体,正如《后汉书》中所说的"依山居止,累石为室",民居均为石木结构,其墙体有砌筑方法是一致的。道帏藏族民居在建筑中,依然使用天然石料和泥土,进行人工砌筑时,先砌筑墙基，在墙根上发掘取表土至坚硬的深土层，基础平整后便开始放线砌筑基础，基础一般采用巨石作垫铺加以牢固，从上面看上去高低大小不一，而从侧面看整齐划一，基石摆整齐后，再添加黏土和小石，差缺补漏加以平整，虽觉外齐内乱，但每块石头根据它的薄厚圆扁恰到好处地利用，保持房屋整体的美感和稳健，使基础用巨石砌筑成扎实完整的根基，增大其地基的承载力。地基的宽窄和基础的厚度，视其所建墙体大小和高度而定。其建筑墙体用的材料全部取自当地的天然石块和黏土，砌墙时砌筑工匠仅依内架砌反手墙，全凭经验逐级收分。在砌筑过程中，一般砌完一层即要进行一次找平，然后用木板平铺作墙筋，以增加墙体横向的拉结力，避免墙体出现裂痕。在墙体的交角处，特别注意交角处石块的安放，这些石块，既厚重，又颀长，俗称"父石""母石""子石""石头""石脚""石尾"等等，根据不同石头的形态恰到好处地找到适合的位置，以充分保证墙体石块之间的咬合与叠压程度。在砌筑过程中，同时还要注意墙体外平面的平整度和内外石块的错位，禁忌上下左右石块之间对缝。细微空隙处，则用黏土和小石块填充，做到满泥满衔。而山沟石坡上的本地叫"亚玛"的青色薄偏石，经过切割打磨成长条形偏石，盖在屋檐边缘，排列成整齐的檐帽，显得尤为古朴典雅，而择较大一点的偏石，稍加整修后可做炕板，偏石焐热的炕，散热快保温时间长，同时还满屋暖热，而在山坡乱石缝中采挖的青色碎石，厚厚的铺垫在平顶屋面上，风吹日晒历久弥坚瓷实。砌筑工匠所使用的工具十分简单，一是一把一头为圆、另一头似锲的铁锤，二是牛的扇子

骨或木板制作的一对撮泥板。就凭如此简单的工具，凭着灵巧的双手和智慧，用天然石块和黏土砌筑高大的建筑，反手砌筑，块块精密相扣的石料是工匠千百年来所练就的绝技。一般男子，从少年时期就开始学习砌石技艺，故大部分农村男性成人都或多或少擅于此技。技艺高超者，则专门以此为业，成为掌石师，专门负责放线和砌筑墙角，以把质量关。

站在比隆村背面形似圆桌的藏语叫"吉合则"的小山丘上，向下望去，盘踞在山脚下的一块块石头石砌的房屋，沿着山根错落有致地盘踞着，恍若走进了历史中的沧海桑田。青灰色石头砌成的民居，在午后的阳光下，呈现出大地石山的本色，宛如一间间原始古朴的奇特博物馆。穿行在卵石砌成的窄幽的石巷里，两边的墙壁一伸手就可触及，那些原始的只经过简单加工过的石块在光阴的磨砺下呈现出红褐、藏青、灰白的色泽，石墙的缝隙里泛出青绿的苔斑，少许的光线漏在墙垣上，与幽暗的巷道对比，形成上下截然不同的层次，俨然一幅石头垒砌的油画。

巴宗,十三座山神仙居的地方

　　进入同德,复杂多样的地形呈现出波澜壮阔、气势磅礴、广袤纵横的地理奇观,尤其是那一条条云锁雾罩的深长峡谷,一座座连绵交错的险峰异岭,一片片起伏幽静的草原,一畦畦麦浪滚滚的田畴,显现出同德山川河流的大气、雄浑、厚重和精彩纷呈。

　　黄河像一枚半圆形流动的翡翠环绕其西南、西北边缘,并在其境内勾勒出摄人心魄的第二弯、第三弯、第四弯……这段黄河是青海境内最具险峻奇妙的河段,形成"奇、幽、特、异、险、秘"的奇妙地形, 它荟萃了黄河上游最丰富的文化多样地、生物多样地、地理多样地。有拉加峡、中铁峡、加吾峡、茨哈峡、然毛峡、多尔根峡、斑多峡、尕玛羊曲大峡谷。有河北林场、江群林场、居布林场。有佐毛乃什则山、则迪日贡玛山、杂日团保山、日雪尔吉岗等神山巍峨期间。有巴曲、尕日十河、赛尔欠河、尕群河、江群河、德合索河、居布雄河纵横穿越。有南巴滩、北巴滩、货热滩、果芒滩、克日布滩、尕日干滩、托头滩、果什吾滩等宽阔平坦的草地遍

72

布全境。河源郡遗址、宗日文化遗址、斗尔宗遗址、加拉古墓葬群、美丽滩古城遗址和拉加寺、石藏寺、赛力亥寺、香池寺沿河布分,沿河流域牧区和小块农区相伴而生,像珍珠一样撒满黄河沿岸。在黄河和雪山的恩泽下,孕育出生生不息的牧帐炊烟、麦田农庄,也滋养着山川俊俏、人文厚重、大气浩瀚的同德藏地。

历史上同德境内的藏族共分四个大族,今尕巴松多镇境内有巴夏让族(即赛弯、欧格贝萨、申吾乃亥萨、阔乃亥、阔乃亥瓜什则五族),尕巴松多(三条沟汇合处)镇境域原称"夏让",文献记载,今同德县境内的夏让部落为"夏让措周"(夏让六族)中的一部分,夏让六族最早源于西藏萨迦地方,其先民早先从后藏萨迦地方辗转徙居今黄南同仁县境内,后来,其中的一部分辗转迁徙并分布于同德及兴海县原大河坝乡一带,分布在这两个县境内的夏让部落后来统称为"夏让措周"。

河北境内有瓜什则族(即上下瓜什则包括加莫、加萨哇果尔玛、贡玛、卡加、德亥言五族);巴沟乡境内从巴沟上部的色康村至下才乃亥之间的诸农耕聚居区,是历史上"芒巴夏松"地区中的"巴"地方。

巴沟乡位于同德县西北,乡境东与尕巴松多镇为邻,南与唐谷镇接壤,西与兴海县隔黄河相望,北接贵南县,乡域内的尕甘曲、巴曲、尕琼曲三河在巴域十三高峰之一的克日布欠山山麓的松多村(松多藏语为三水汇合之处,现政府所在地)汇合后蜿蜒向西流入黄河,这条文明之河哺育并滋润着古老的巴沟山川、沟壑、麦田农庄。远古时代逐水草而居的先民依傍巴曲河、黄河,孕育绝世无双的 5000 年前的宗日文明。

因为有了巴曲河、黄河的恩泽，和宗日（藏语游牧部落牧帐聚焦之地）文明的熏陶下，藏族先民巴域人开始在这块气候温润、水源充沛、物华天宝的土地上耕作游牧、繁衍生息，延续并营造出巴域文明生机勃勃的田园美景。

"巴"为部落姓氏名，是藏族古代六大姓氏中的芩氏支系巴氏部落的后裔，长期游牧农耕于今同德及贵南部分地区，使此地逐渐统称为"巴域"，从此依次出现了诸如"巴摊"、"巴勒哈摊"、"巴吉山"、"巴什多"、"巴麦"、"巴沟"、"巴水"、"巴茫拉"以及"茫巴夏松"等与"巴"这一古老的族名紧密相连的诸多地名。因此，藏人便习称同德县为"巴宗"，并沿用至今，有关"茫巴夏松"三大藏族农耕聚居区域之一的"巴域"，名称的由来，在《巴域历史》记载中说："远古时期今巴域地方，是与绵羊为图腾的古藏族穆氏和芩氏部落相连的一个区域，后来羊的"咩……咩"叫声，即汉文的音译转写"巴"一字成了该氏族之名。"

巴沟境内奇峰林立，这些雄奇险峻的连绵群山守护着巴沟的村村落落，一个个奇形怪异的神灵，居住在每座山峰里，消灾赐福着每个村民。有了神山的护佑，才有了对神山圣水的敬畏，才有了内心的安详和依靠，巴域人确信他的周围有十三座臣子山护卫，这十三座山峰是最高的山"居布匹日"、"居布谢索"、"普沃匹日"（称哥哥山，呢沃邦日山的哥哥）、"呢沃邦日"（普沃匹日山的弟弟）、"格念惹斯山"（看守渡口的居土山）、"克日布合欠山"、"拉杰木"（夫人山，是阿尼玛卿山之女拉杰木与哈龙匹麦山

74

神私奔至此后,拉竖木依附于此山而得名)、"萨克迪尤"(意为美丽的小山,此山是阿尼玛卿山神之女阿玛拉竖木的私生子,是一位尤为乐于保护孤儿的山神)、"阿妈曼日"(意为神母药山,因此女神依附于此山,且山上盛产各类药用植物而得名)等等。

极地:一缕阳光掠过

　　桑济很多时候由着性子到处走,像一个流浪的人,也不需要什么东西,过着没有明天的日子。拉卜楞寺是心放置的地方,坐在老家的土房子里,有时候心早飞到拉卜楞、桑科、甘加等地,这些藏文化沐浴深刻的地方,总是让他心驰神往,心念荡起时冷不防按捺不住心的趋势,往往就地前往,路过大里加山垭口必给神山煨桑祈愿,下卧龙沟、经玛当、王格唐到夏河,这条承载着心酸和幽怨的朝神、商家之路,予人探古之忧思和遥远手工时代的深切怀念。

　　年复一年,日复一日地来往于夏河与道帏藏乡之间,有一次阳光很好的午后,散懒地坐在屋顶边角的矮墙上,头顶随意地盖上袈裟的一角,手捧一本发黄的创巴仁波切的《动中修行》,不时地用一根棍子蹭着发亮的头顶,渐渐地沉入平静状态,偶尔左手托腮呆呆地望着远方,一丝忧郁和孤独在脸面泛起,偶尔低头在苹果手机屏幕上敲出:当身体焚烧/想象一下只剩下想象/一切

承诺和真挚顿时消散无疑/像一只无所顾忌飞翔的鸟/没有下一步/无限已是空间/也是聚集一处的新房/你也通往认识自己的路上/以并没有真实存在的自己/你怎么是自己呢/当你悟爱之觉醒。身体焚烧/化为无拘/推开孤独之门/想象已构成你的认知/你如同衬托三千世界的羽毛……困了，漫不经心地合上书，追逐着几只飞舞的蝴蝶蹑手蹑脚地靠近去拍照，又几次落空，几经飘落不定的蝴蝶，桑济下意识的连拍中，终于拍到了一张满意的照片，一边抿嘴偷笑，一边发到他的微信圈，并附上一行:所有快乐是尚未成型的痛苦/所有痛苦是因条件而生的/所有痛苦的因是无常的/所有的痛苦是没有参照点的。

有一年在北京，那天天气很好，蓝天白云，下午应余孟庭导演之邀，去参加在清华大学凯风人文社科图书馆展映的纪录片《二十岁的夏天》，影片是记事青春和梦想的纪录片。觉安是藏医班的学生，实习期间回到家乡做藏文代课老师，即将毕业的她是留在草原上教书，还是通过考试取得藏医工作，觉安在犹豫。同龄的嘎玛和多吉是草原上一起长大的小伙伴，藏历新年他们来到觉安家中，各自谈论自己的梦想。离开还是留下，他们的梦想能否在二十岁的夏天里实现呢?是一部叙述缓慢的片子。观片结束后开展交流，提问解答环节，导演问桑济，为何辩经?桑济略加思索后说，辩经即思辨，通过他明辨是非，烘托学习氛围，培养逻辑思维能力，并通过这种辩论来提升智慧。交流活动在舒缓地问答中结束。清华的校园宁静而充满生机，忙碌的师生穿梭在街道楼宇之间，穿着袈裟的桑济走在清华院内幽深的小道河旁像是写意的画中一个禅意的点睛之作，一看见小蜻蜓他就飞也似的追逐拍摄，又捡拾掉落在草丛上发黄的纹路清晰的树叶夹在书页中，时而仰望白云游动的蓝天，随即抓拍一些好看的照片不加思索地刷新微信，并附上一二句哲思，诸如"我的英雄更顿群培曾经说：理论上、情感上，感觉人类的所有学科以及宗教都在说同样一件事，然而，一个具有经验的人知道，貌似相同的道理其实相差万里，因为，真理只是真理，真理只有唯一。我敢说，所有的宗教哲学都在借着爱与慈悲等充分逻辑的精神来配合自我，令自我无限膨胀直至成为坚不可摧的信仰之神，唯有佛法是彻底摧破烦恼之根的"无明"，从而断除恨我的执着，解脱一切烦恼与误解之道。""僧人不应该只知道闭关房里面的知识，也需要知道人性，其他人的想法。不然很容易受到伤害。""一些僧人不会养这个火。因为明天是无常的，谁知道明天晚上是不是就离开这个世界，所以他们会把火熄灭。""修行目标是脱离轮回的困境，直到二元对立消失。只有产生怀疑，才有更多救赎的可能性。糟糕的是一些人连怀疑都没有。""传统唐卡画风格，蓝色就是蓝色，绿色就是绿色，那是很有力量的。像一个真理，不需要太多的解释。"等等，那些信息载量丰盈，思如泉涌的偶感，让人眼界为之顿开。

又是一年的秋日里，天高云淡，有一个下午，桑济带我们去很文艺的南锣鼓巷，他很喜欢这样的氛围，可散漫、自由地与各国驴游交谈，他英语很棒，偶然驻足搭话甚欢，南锣鼓巷是北京最古老的街区之一，是北京古都风貌中一块保存完整的"碧玉"，

有许多格局风格的小胡同,东西南北有八条胡同,福祥、菊儿、园恩寺、秦老、兵马司、鼓楼苑、雨儿、帽儿、沙井、黑芝麻、景阳等胡同纵横分布,窄窄的胡同里人群熙攘,热闹异常,我们漫无目的地溜达,感受着这里的喧嚣与宁静,饿了随便找一家四合院,买一样小吃充饥,累了寻一家既合算又舒适的客栈住下,在设计感很强的厅堂回廊间,避开城市的喧嚣,在那最柔软的一隅静静地享受阳光、美食、闲聊、徜徉、品茶、发呆、打盹。任何一个与"慢时光"有关的词语,都可以在这里得到完美的呈现。或随便翻一下在市面上买不到的书籍,打发夜晚的静谧。桑济坐在安静的拐角处正在刷屏回复微信圈里各种人生困惑,答复得巧妙而富有哲理。渐渐地夜已经很深了,桑济又拿起法国思想大师让·弗朗索瓦·勒维尔的《僧人与哲学》的书阅读起来,桑济说,这位大师与他儿子马蒂厄·里卡尔,在尼泊尔俯临加德满都山上的一个僻静处,开了一场佛教与西方思想的对话,佛教提出了一种精神科学,它讨论的是幸福和痛苦的最基本的技能。从早到晚,在我们生命的每个时刻,都在与我们的精神打交道,这个精神的最微小的改做也会对我们的生存过程和我们对世界的感受产生的影响,以及佛教与死亡,从科学研究到精神探求,宗教还是哲学,黑匣子里的哲学等等问题。到了凌晨 2 点,桑济的微信圈的启示音响个不停,他也不断地回复解惑释疑,直至不知不觉地进入梦乡。

深秋过后,桑济又回到拉卜楞,傍晚黄昏里的拉卜楞像是历经沧桑的唐卡。在深秋的微风里沿着土墙夹持的巷道行走,僧舍的屋顶小僧人们三三两两的用稚气未脱童音念诵着经书，更增添了寺院的幽静和空旷。走进活佛本考的僧舍，炕头的火炉旁桑济、活佛及久美三人正天南海北地随意谈论着，桑济说，家乡的山川纵横壮阔，那高大浑厚的高山峡谷，沟壑间隐藏着水墨画般的村落，让人想起瑞士的阿尔卑斯山，那深谷中的村落、山村、麦田、牛羊、河水、山脉构成的奇特的纵深感很强的地理结构，我喜欢这样极富意境的老家。

　　桑济每次回老家，看到曾在记忆里无数次浮现的那熟悉的家乡的冰河、千奇百态的石块、高悬在杨树枝杈间的鹊巢、屋檐下的雀窝、草丛下的昆虫、飞舞在野花上的蝴蝶等等都是他深爱着的生命伴侣，并把它们用色彩移植到自己的油画意境之中。有一次，桑济在一个向阳的山坡，半晌蹲在那里目不转睛地观察着一只蛐蛐的动向，顺着蛐蛐的聒噪声，寻声望去，草丛中一个黑褐色的蛐蛐腿向后一缩一弹，"嗖"的一声即逝，倏尔落在生有墨绿色苔藓的不规则青石上，几乎融为相近的色彩分辨不清了。当他蹑手蹑脚地靠近目标，仔细端详优美地舒展紫褐色光润的薄翅，上下震动摩擦着半透明的美翅发出悦耳的声响，犹如天籁的和声，天地中蔓延寂寞，到底在抒情，抑或哀怨、喜悦，只有蛐蛐知道。这些自然界的天造精灵们，共同营造着天地间别样的氛围，也为桑济提供了源源不断的哲思和艺术灵感。

　　冬至后的一天，桑济读到索达吉堪布语露：心没忘掉，做这些有用吗？说是有一个男子跟爱人分手后，换掉了房间里的桌椅、茶具乃至衣服上的香水，他以为换成她不喜欢的样子就可以

山神的牧场

忘记她。甚至看到一只曾经对她摇头摆尾的狗,也想剪掉它的尾巴,但是,心没有忘掉,做这些有用吗?关在监狱中的人,对监狱好无兴趣,永远也不会把监狱当作家,始终渴望从中逃脱。如果能彻见轮回,如监狱,说明你生起了舍弃今世的心。我们离不开吃穿住行,但不能因此而把它当作生活的主流。就像农夫也会吃饭,但他知道,最重要的事情是种地。身体犹如幻化,很快消失。但人们对此根本不知道,还认为是永恒的,始终执着。这种执着,是一切痛苦的因。自私自利的心就像狐狸,它趴在每一个细节的年头上,钻进每一个行为里,没有他不能隐藏的地方。寿命是无常的。虽然我们每天听到很多关于死亡的消息,却听不到自己即将死亡的声音。

有一天我偶然间在僧房的炕桌底下翻开桑济的日记,有一段文字是这样写的:

我很抱歉,半夜起来听雷鬼电台,盘坐在床上摇着头像个汽车的搽玻璃的东西,等音乐停了我才想起自己是谁,我怀疑着身边的一切,包括我的桌子和书架里的书,还有自己画的挂在墙上的唐卡,我希望 easystarall-stars 的歌曲 Paranoidandroid 里加一些蝙蝠叫的那嗞嗞声应该会很酷,因为现在我屋外的屋檐下就有一只蝙蝠侠在唱歌,这样的夜晚太棒了,你很难想象这是一个僧人的生活,但所有事情不一定是你想象的那样不是吗?

那些雪是慢慢地从登日山走过来的,天上似乎有我看不见的幽静小道。它们像迁徙的蝴蝶,太阳出来后在人们的记忆里消失匿迹。但今天他们在阳光下闪烁着不可触碰的身影,这是我在拉卜楞寺十年来见过的第一次太阳雪，像人的感情，来则去感受，不去强留，如此的自由。

祈愿像佛陀一样超越时间维度，不做时间的奴隶，受轮回意识的统治。穿着最单薄的衣服，坐在屋檐下，注视着鼻尖闪烁的风景，雪花像渺小的生命一样灵动着，身体的寒冷，像热火的烫灼，在修持的思想中已经没有了区别，寒冷或炎热，那都是身体的问题，而身体是心灵的问题，心灵则是见地的问题，眼前似乎呈现着所有感受的满足，回到屋里，才知道，我被自己吸引了。

南詹部洲像一个沉睡的巨人，像万物生灵的尸体，而在他上面的，是梵天亲手编织的巨大无形的被子，上面镶嵌着心愿的宝石，宝石上是否住着另一种幸福的生灵，比人更真实的生物？我的头顶竟然住着这么多的星辰，我却从来没有跟它们打过招呼，也许上一世的前世，我曾生活在那些宝石里，现在我住在南詹部洲。

我想用这些贝叶经书做一只船，离开轮回苦海。满地开花，窗底之外的院子里，另一边的搁物架满是藏文书，猫睡在破旧的地毯上，火炉发出轻微的声响跟着秒针一起燃烧，阳光在树尖收缩着身体，我突然觉得没有比睡在庆泽的僧舍里更重要的事情了，他的床安置在世间和空间之外。

我希望这是最美的状态/我一个人/没有目的/困乏欲望/无忧无虑的生命，无法以时间长短来衡量意义，内心充满菩提时，一滴雨是一个宇宙，一刹那就是永恒。一个简单的微笑，这就是打开你的心和体恤他人的开始。

每一滴雨/像柔软的钻石/落在爱人的梦里/我们都活在别人的梦里/只是一种罪恶琢磨别人的心思而使自己迷茫在别人的世界里。把自己创造幸福的院子置之不理,去猜忌和对比别人的人是不幸福的。像结束了亲身经历的一场战争,清晰安静的念头停息在熟睡树叶的雨滴上,消失于刹那间,一次又一次,我忘记了时间与空间的界限。一天就这样死了,每天醒来那梦经的一切从未散去,那飘浮般的生命。

初冬的下午,拉卜楞寺下着鹅毛大雪。环绕转经廊的拉康里,琳琅满目的唐卡如同集中了全西藏的色彩,唐卡店的年轻店主凝视着在风雪中转寺院的人们,屋子里藏式火炉正暖暖的燃烧着,放着爱尔兰风笛。时间在画布上停止,舒畅的音乐从耳边划去。

人类一直以来守候着自己的肉体,灵魂从未自由。

戴上耳机他就什么都听不见了,变成了聋子,它在火炉旁盯着书看,炉火缝隙里红色的光迷惑着我的眼睛。我无法看着这样的眼神,它会透视你的心,窃走你的时间。

我觉得从未有过的孤独和温暖,我一无所有,也什么都不需要。我很想知道我那时是怎么阐述这里的冬天和早晨的,人们喜欢很早便去转经筒,这个寺院是他们的一部分,仅说一部分还不能说明这对他们多么重要,他们在这里祈祷,在这里获取精神食粮。冬天的早晨无比寒冷,他们却很早来到这边的街道扫雪磕长头,那世界上最长的转经廊,也消耗着大部分时间的地方。

在寒冷侵袭的夜晚,一头扎进被窝里,此时世界已经安静了,荒凉的高原,塔铃声给夜的孩子弹响了催眠曲,就连这般无色的夜里我也不敢闭上眼睛,怕安静轻浮的灵魂再一次被梦捆绑,再也回不来,就如我在阳光下闭目沉思时突然感悟自己处在梦幻之中,再也睡不着。

掩映在地理褶皱里的阿尼直亥

　　六月初的一天，我们乘车沿着直亥雪山山脚向东南方向行驶，进入一条松林茂密的山谷，涉过一条小河，对岸山脚便是直亥温泉。相传沿着山根共有 108 个泉眼，能治 108 种病，其中在壁岩裂隙中有两处沸水涌出，泉源暗通，水色清澈，四季喷涌不竭。泉水富含钙、锂、硼酸等多种微量元素，对腰肌劳损、皮肤病、关节炎、神经系统疾病有奇特疗效。热水沟山峰夹峙，山高峡深，云雾缭绕，森林密布，青草碧绿，百花争艳，幽静安谧，这一切无不给人留下空灵之幽想、探古之心悸，是疗养休闲避暑养生的一处风水宝地。

　　走进直亥草原，漫步在绿草如茵的草地上，心域被纯净的花草所充溢，心境透亮而充满激情。开阔的草原两边群山连绵，葱郁的松柏林环抱众山，时而传来鸟儿的鸣叫和悠长的山歌，置身于这般悠闲自在的大自然怀抱，人的整个身体和心灵也融进这青山绿水之中了。临近傍晚时分，我们已到直亥夏季草场了，一个接一个的牛毛帐篷散落在一块开阔的草滩上，成群的牛羊已赶到帐篷四周。帐篷内，炊烟袅袅，烟雾飘满山谷，犬声响彻空谷。天刚麻麻黑时，热情的主人已宰杀好羊，热气腾腾的胸叉、血肠、肉肠已端到我们面前，主人边敬酒，边与我们风趣地畅谈他年轻时候的风流韵事，谈草原上发生的趣闻轶事，谈部落的盛衰，他从小耳濡目染、牵肠挂肚的这块土地，说着说着泪流满面，足以看出这块祖辈生活的草原在他心中的分量。

第二天清晨，我起床时，阳光已洒到半山腰，整个草场显得格外宁静，只有几个牧女静坐在牛肚下挤奶。这时，你静坐在草丛中感受幽静，感受阳光，感受草原，心灵悄然与大自然融为一体。这天早晨，我们随同村干部和转场的牧民一起骑着马，向神秘的直亥天池出发，沿途村干部指着一座座山峰，讲述着一个个有趣的神话传说：相传，阿尼直亥的主峰是远古时代蒙古王的化身，很久以前，蒙古草原连年干旱，牛羊吃不到草，喝不上水，蒙古王格西丹增率领家人向南迁徙，经青海湖游牧到直亥，看到这片森林茂密，水草丰盛的祥和之地，就定居下来。阿尼玛卿发现格西丹增骁勇无比，就特封为东守护神。格西旦增和其妻木日玛有三个儿子，长子热旦土迈、次子扎西东主、三子关却久迈，就是现在直亥地区的三座高峰。还生有三个女儿，长女德格玛、次女阿玛吉、三女那玛秀毛，分别是较低的三座雪峰。三个媳妇拉毛本森、卡毛本森、托拉本森，分别为央宗沟、德孔沟和季让沟。直亥四周坐落的四座小山是直亥山神的守门人，东守门人叫托德扎干，西守门人叫恰叶，南守门人叫哇吾寒多，北守门人尕中旦

山神的牧场

强。直亥山的两侧各有一条狭窄的深谷,传说当初深谷里经常发生牲畜神秘失踪的现象,阿尼直亥为了保护这两条沟里的牲畜安全,便指派两只勇猛的神獒守护这两条沟,从此,再也没有发生过牛羊失踪的现象,两只獒成了阿尼直亥的守门犬。"莫曲沟林",也称之为直亥美女林,相传这里是直亥三弟兄选拔美女的地方,为使这些美女不致寂寞,三弟兄赐予她们松树、柏树、野杨、桦树及各种野花让其观赏,赐予岩羊、羚羊、麝、鹿、雪鸡、兔齿鸡、环颈鸡、马兰鸡让其玩耍,还赐给冬虫夏草、秦艽、大黄等药草,让其采集熬制饮用,养颜强身。"扎查梅朵滩"(扎查地方的野花滩),相传扎查梅朵滩是直亥三兄弟的母亲木日玛衣服上的装饰物,金黄色的花带是木日玛背上的辫套,五彩缤纷的山花是木日玛衣服上的装饰,雪莲花、馒头花、赛欠花、金女花是木日玛头上的插花,那些小花是木日玛衣裙边上的镶花。远远望去,像一条金黄的绸缎覆盖在美丽的草地上。每至盛夏这里可谓万紫千红、百花争艳,是花的世界、花的海洋。"豆浪",从前该地方森林茂密,林中飞禽走兽不计其数,传说有一个神秘的虎穴,此处虎穴所处的峡谷内时常有牛羊走失,让人望而却步,故人们称该地方为"豆浪"(老虎沟)。"直亥岗曲泉",传说中的直亥岗曲泉在一年之中,只有农历五月初五这天良辰吉日,晶莹透明的泉水从直亥岗流淌下来,不论是晴天还是雨天,不论是风雨交加还是烟雾弥漫,它就在这一天神奇地流淌而下,传说这眼神泉是阿尼直亥洗刷锅后抛洒的水变成的,人畜饮了此水能驱邪除病。"贡拉措迈"是一个很小的湖,相传贡拉措迈原先在豆斯浪,称之为斯浪措穷。很久以前,有两个老妇人在斯浪措穷四周放牛,突然,有一头水牛从湖中一跃而出,跟随在她们的牛群中,和她们的母牛为伴,并经常骚扰她们挤奶,她俩愤怒之下,用力猛刺水牛一刀,那水牛带着刀伤钻进湖中,一时间鲜血染红了湖水,第二天斯浪措穷干枯了,变成了一片泥滩,它从此迁出了豆斯浪。此后不久,在直亥的贡拉出现了一个小红湖,这就是从豆斯浪迁到这里的斯浪措穷。从此,人们把这个小湖叫作贡拉措迈。"过哇银措"位于过哇岗顶部,海拔4117米,湖水清澈碧绿,属淡水湖,面积约15亩,湖面呈椭圆形,湖名系藏语,意为洗头湖,相传格拉措毛仙女常在此洗头而得名,此湖百泉依山势涌出而成池,池水似镜,亦真亦幻,水托山色,碧映长天。"直亥银措"位于直亥村东南部20公里处,面积约40亩,海拔4614米,结冰期11月至次年5月初,湖边的野花鲜艳夺目,周围山峰千奇百态,湖名意为白石岩青色湖。直亥地区共有四个湖,直亥银措是直亥地区最大的高山湖泊,传说这个湖是阿尼直亥从青海湖带来的水点化而成,清澈的湖水吸取天地的精华,日月的灵气,滋润着直亥地区的万物。还有"果仁措木日"、"那加措羊木日"和"果哇",都是阿尼直亥取黄河等河流之水点化而成的。直亥仙女温泉,相传直亥三弟兄中的老大热旦土迈生性慈悲善良,神通广大,法力无边,他为了祈求此地安康和吉祥,使属地百姓免遭病魔的折磨,便施展法术,让108位美丽的仙女各带神药,变成108个泉眼,他又使用天地灵气烧沸这些泉水,从此,108个泉眼成了108眼温泉,而且各有神奇的功效,或饮用或沐浴能治百病……

那三座直插云霄的山峰,是三个亲兄弟,旁边那凹陷的地块是山神的锅,每年农历五月初五吉日,从锅底流出的水,据称是圣水,能治百病;那一座孤立灵秀的山是山神的女儿远嫁在外……每一座山都有它神奇的传说、奇特的魔力、不同的性格和爱好。我们踏过草原、涉过河流、越过山峰,终于到达众山环抱之中的直亥天池,这天池犹如一枚熠熠发光的蓝宝石,镶嵌在高原的万绿丛中,池水如镜似锦,水托山色,碧映长天。

寻梦达里加神湖散记

　　道帏，这个极其神话韵味的地名，尽管汉语的表述或许逊色于它原有的质感，但我依然有信心在家乡的山河俚语里，抚摸那尘封已久的温暖，并在时光的打磨中拂去偏执和虚幻，显露出它本来的样子，像盛夏的山泉边光着身板的孩子们天真烂漫地嬉戏。不知从何时起我渐行渐远的身影又回到老家，回到童年。

　　那是个阳光很好的早晨，从庄廓土方平顶屋檐上眺望棉团似的云雾缭绕的山腰，烟雾上段像用木匠墨斗画线后削平似的，无论经过沟壑峡谷却如水平面整齐划一，下段却飘逸荡漾，沸腾四散，此时空气中弥散湿漉漉的麦香，远近杨树枝上的布谷鸟传来"布谷……布谷……"的啼叫，声音清脆勾魂，这催春降福的吉祥鸟，犹如春天里的一股柔风，委婉惬意、悠扬悦耳而极富田园野趣。兴许是报春鸟带来吉祥的缘故吧，大地草幽木清，空气灵犀而满目生辉，田野嫩绿的麦苗、青草和褐色的泥土上升腾飘浮着雾气，妩媚的阳光离开山顶已尺把高了，村寨屋顶飘出的炊烟

也渐渐淡起来,我在这样舒适的清晨开始了我的达里加银措(意为达加神湖)朝圣之旅。

我们拎上煨桑用的斯柔（一种学名为小叶杜鹃的易燃植物）、酥油糌粑、白玛(浅灰色阔叶淡香植物),背上"代尔"(布袋里装有五谷等供物,为湖中"鲁"神的供品),沿着一条穿过麦田、沟谷、丘陵的土路疾行,途中经过三处古城墙,分别是"克嫩"即黑城、"加克"即汉城、"张沙克"即张沙城,这三座古城外廓较为完整,是整个西北地区实属罕见的城池群,可见其当时地理位置的重要性。其中地处中间的起台堡城形成村裹城、城包村的特殊现象,有主城、东门关厢和下关城三部分,呈"厂"字形排列,占地近百亩,一座座用黄土夯筑庄廓院鳞次栉比地散落在城墙内外。据史料记载,起台堡城建于明万历十三年(公元 1585 年),距今已有 428 年的历史,民间有"先有起台城,后有循化城"的流传,可见其历史的久远。起台堡是明朝屯兵戍边的产物,是西北历史上声名显赫,一个由单一的军事屯堡演化成人文荟萃的村落,周围遍布藏族村落,是道帏二十七个村子中唯一一个汉族村,也是循化汉族的起源。当看到一座座屋舍和一片片撂荒的田地,感到这座特色古堡村行将迟暮,莫名的凄楚绕上心头,满是愁绪地继续前行。不远处又一座夯筑的古城映入眼帘,那就是张沙古城,从远眺望城内一座白塔高过城墙残垣,在晨光和烟气中更显灵性幽邃。塔傍一座古寺叫"张沙盖",意为张沙寺,据说是道帏地区年代最久远的寺院,建于宋末,城内散落着错落有致的屋舍,走过张沙村绕达里加盘旋路爬行,就到了海拔 3800 米的达里加山垭口,这座山不仅是甘青地理的分界线,又有达里加神山三兄弟、达里加神湖及其西侧水草丰盛的德合才(即老虎沟),成为特殊的人文地理带,东边烟波浩渺、一马平川,西侧群峰错落、沟壑纵横,其南北起伏的山峦夹持的中间开阔地,此时正是油菜花耀金、麦浪翻滚的盛夏季节,道帏山泉蜿蜒而下,山河两端村落沿山脚星罗棋布,形成了多样的人文地理奇观。此山脊阴坡有一处拉则,在拉则处稍作休整后,我们开始了曲折的爬山行进,这段路程惊险异常,起初岩石嶙峋、芳草萋萋,乱石间不时冒出几眼叮咚作响的暗泉,房屋般大的磐石突兀其间,最后还要翻越几座陡峭的险路,快到达里加神湖时我们憋声静气、蹑手蹑脚,生怕惊动神湖。据传,人们的喧哗声会惊动湖神,若静神观察湖面会平静如镜,否则顿时波澜翻腾。当我们大声呼唤时湖面波涛粼粼,旋即天上飘来乌云,洒下淅淅沥沥的甘露,朝湖的人们在煨桑的祈祷声中向湖里抛掷吉祥"代尔"等供龙神用的祭品,祈福五谷丰登、风调雨顺,并转湖祭拜。达里加神湖,像一面镶嵌在群山中的翡翠,三面是怪石奇异的高峰,北面是烟波里若隐若现的甘肃临夏平原,瞭望之似身处天境,融入此境仿佛隔世仙居。

藏地：一道神秘的天光射向大地

蓝宝石一样静谧的碧空下，皑皑雪域隐约于云蒸霞蔚的雪峰之间，那旷古奇境的绝尘净域，那纯银般安逸的光芒，那样绚烂的神圣地、博大慈祥地、洁白无瑕地缓缓溶进肌肤，恰似落进湖水里的纷纷大雪，瞬间融化得无影无踪般，慢慢地渗透进整个身体。这冰清玉洁闪耀着奇异光环的神秘之物，一下子将我从苍凉的大地置身于空灵的天国。

这沉寂于安详的净土圣地，傲视万物的冈仁波钦、珠穆朗玛、冈底斯、念青唐古拉、卡瓦博、阿尼玛卿、尕觉沃、阿尼年钦、梅里等诸神山和措温波、东日雍措、扎陵鄂陵措、玛旁雍措、羊卓雍措、纳木措等星罗棋布的神湖仙居于地球第三极，永远地守望着世界屋脊雪域高原，满地神话、神灵，善于幻想的藏族与无数个亘古不变的巍巍雪山共居，更显出超然物外，飘然欲仙的姿态。面对超凡脱俗，傲居于蓝天之下的神山仙湖；不计其数的朝圣者跋山涉水，顶风冒雪，以顽强之毅力和坚定的信念绕山转湖礼佛，瞻拜神山圣湖，对神山圣水的崇拜与敬畏达到忘我的境地。这如同圣母一样的藏域雪山圣湖，有一种奇妙的天音，顺着灵魂的方向，始终召唤着我。

每每仰望纯净的天空，或者飞翔于白云之上，那辽阔的、最富有神性的绚丽的绛红色的霞光漫过闪烁着金黄色的古刹圣塔的金顶，闪耀着夺人的美丽，那散发着平和、纯洁、淡定、悟性的庄严的光芒里，涌动着禅定般勃勃灵气，像泼洒于沙滩的清水，瞬时渗透进肌体，直抵心域，此刻整个身体连同心灵慢慢地被沉淀下来，等待一次彻底的，清净无染的洗礼。

每每，当孤单的生命趋于无奈或无助时我义无反顾地走向天边的西藏，那遥远的寂静无声的、无须声张的从容大气的西藏，彻底释放和洗涤遗留长久的那些余多的污垢，获得生命本质的淡泊宁静。

穿越茫茫雪原，走过地理上和心域上的青藏腹地，雪山、草原、蓝天、碧水、白云像一曲旋律悠扬而抒情的音乐朝我迎面徐徐飘来，于是我变得异乎寻常的厚实，突然从漫无边际的千里原野一下置身于一种宏大的奇迹——拉萨。耸立于霞光里的千年宫殿布达拉傲立于圣地之巅，我随着那些手摇转经筒的老人、领着温顺的小藏狗的姑娘、身着绛红色袈裟的喇嘛一起朝着大昭寺转圈朝圣，脸上除荡漾着平和、从容淡定、幸福之外一切显得是那么多余。顺着八廊街朝圣的人流时，不时看到那些席地而坐，懒散地晒着阳光的人们，吸着鼻烟互相散漫地闲谈着，日出而坐，日落而散，与世无争，随遇而安，仿佛时间在这儿放慢了脚

步，人类又回到了史前的童话。

在拉萨的这些日子里，我不知不觉中从荒芜走向平静，从喧闹走向淡泊，从成熟走向从容，从圆润走向厚实。现在终于明白了，到拉萨我开始逐渐地觉悟。

在白云之上，蓝天之下，在藏乡辽远的雄厚之上，在佛性和神话的光艳中，那千年居住着阳光和善良的地方，就是我的家。

心中犹如第一缕晨光掠过雪山

有一个美丽的地方

人们把它向往

那里没有痛苦,那里没有忧伤

那里四季常青,那里鸟语花香

……

——《香巴拉并不遥远》

顺着灵魂的方向,走向广阔的香巴拉。"香巴拉"藏语的音译,其意为"极乐园",是藏传佛教徒向往追寻的理想净土、极乐世界、人间仙境,也称"坛城"。藏族学者阿旺班智达在其论述中这样描绘香巴拉世界:"香巴拉"是人类持明的圣地,它位南瞻部洲北部,状如八瓣莲花,中心的边缘及叶子两侧环绕雪山和森林,幽谷密林间清澈的溪水潺潺流淌,花果飘香,湖泊、动物、园林和谐相处,中央顶端有国都噶拉洼,中心是柔丹王宫,十分美

96

妙,王宫透明发光,照射四周如镜般清亮,水晶做成的窗户能看
清星辰及十二宫等,柔丹王狮发顶髻,戴着全冕宝镯足剑,显得
十分威风,周身发出光亮。这里生长着各种奇花异草,时常花雨
绵绵。这里没有贫穷和困苦,没有疾病和死亡,也没有人与人之
间的尔虞我诈,更没有嫉恨和仇杀……这里花常开、水常清,庄
稼总是在等着收割,甜蜜的果子总是挂在枝头,这里遍地是黄
金,满山是宝石,随意捡上一块都很珍贵,这里的人用意念支配
外界,觉得冷,衣棉就会自动增厚,热了又会自然减薄,想吃什
么,美食就会飞到面前,饱了,食品便会自动离去。香巴拉人的寿
命以千年来计算,想活多久就可以活多久,只有活腻了,想尝尝
死的味道,才会快快活活地死去。这就是叫香巴拉的神秘地方。
面对这样一个让心灵安详宁静的理想王国, 也因为这样一个美
妙而神秘的童话圣境,像谜一样吸引着千千万万的信徒香客,也
吸引着西方世界的探险家, 到底有什么力量隐秘的统治着这传
说中的天堂,又为什么隐身于茫茫雪山之中?这个谜一直吸引着
香巴拉的信徒和藏学迷们。有人说香巴拉就在我们身边,它像幽
灵一样有时附着在一杯奶特的咖啡里, 有时隐身于美眉温婉的
一笑间,有时幻化在梦境里,它可能是一座雪山、一片草甸、一汪
湖泊,可能飘扬在经幡或晃动的转经筒,它缥缈而虚无,又似乎
真实而清晰。

　　在遥遥无期地寻找香巴拉的过程, 有两位西方探险家绝妙
的文字描述始终引诱着我们的心灵, 开始寻找香巴拉。1933
年,英国作家希尔顿在小说《消失的地平线》中,讲述了康威等4

个西方人乘坐的飞机被神秘的东方劫持者劫持到一个神秘地方的奇特经历。描写了一个深藏在高山峡谷中的秘境:一座神话般的田园山寨,金字塔似的雪山坐落在安乐祥和、美丽富饶的蓝月山谷,山腰镶嵌着犹如盛开花瓣一般富丽高雅的喇嘛寺,山谷间点缀着可爱的草地和美妙的花园,溪水边坐落着雅致的磨坊和肃穆的石屋,长命百岁却青春永驻的人们永享和平、宁静、自由、幸福地生活;还有一位美国探险家约瑟夫·洛克撰写的《黄教喇嘛的土地》,1931 年发表在美国《国家地理》上,在"贡嘎岭香甘巴·世外桃源中的圣山" 里这样写道:"她是世界上最美丽的雪山。在探访木里王国的时候,我曾看到远处的一脉雪山,当地人告诉我,那就是贡嘎雪山,是佛教王国的圣洁之地……多种杜鹃散布在密林深处,青翠黛绿的各色树木和淡黄的树叶相映成趣,清新的空气还有隐现在树丛里的牡丹花和报春花,使得这里像是一个神仙游赏的花园……一座裁剪过的金字塔,它两旁的山壁像是一只巨大的蝙蝠展开的双翼,这是一处没有人知晓的仙景胜地。在梦中,我又回到了那片被高山环抱的童话里,她是如此美丽而安详,我还见到了中世纪的黄金与富庶,梦见了涂着黄油的羊肉和松枝火把,一切都是那样的舒适而美好。"最后洛克说:"他喜欢这个静谧的世界,它抚慰了他的心灵,在这里得到了心灵的安宁,找到了被环抱在佛陀的理想国中的幸福存在。"

因这两位西方天才作家的如梦如幻的神奇描绘《藏经》中"这观音的净土"和"佛陀天国"。从而吸引着大批的西方探险家、冒险者、背包旅行家加入了寻找行列,他们具有不亚于藏传佛教

山神的牧场

徒的热情，将寻找理想国的热潮推到前所未有的高度，并使之蔓延全球。我是其中的一员，曾无数次接近这些美丽的散落于川西北的它那特殊的背景下形成的幽、奇、险、绝的雪山、草甸、湖泊、森林、喇嘛寺，几乎荟萃了诸多神奇的经典绝版：九寨沟、黄龙、四姑娘山、丹巴、康定、稻城、理塘、巴塘、香格里拉、贡嘎山、海螺沟、梅里雪山、木里、玉龙雪山、南迦巴瓦雪山、丽江、泸沽湖……这些足以让你折服，让你神魂颠倒，让你梦牵魂绕，让你向往不已。

这些人们常说的"大香格里拉"、"大香巴拉仙境"，地处川滇藏三省区交界，地理上属于中国最美的横断山区，在众多山脉中，横断山与众不同，它在群山雄居的青藏高原东南边缘向扇形布展，并形成六江相间并行的地理奇观，这片特立独行的群山便是横断山脉。从飞机上向下俯视，当笼罩在四川盆地上空的浓雾渐渐退去，天空如水洗过一样，群峰簇拥的横断山脉呈墨绿色，众峰中贡嘎山金字塔状的峰顶在阳光下散发着金属般的光芒。金沙江、澜沧江、怒江三大水系与芒康山、他念他翁山、伯舒拉岭相间并列而行，形成"三江并流"这一世界奇观。山的褶皱间，曾经恢宏千年的茶马古道铺遍崇山峻岭间，时有翡翠般的湖泊隐逸地显露着，森林绿草、麦田农庄散落在青黛色的峡谷平原间，自然和人文的风貌横亘于青藏高原边缘，并足以成千古绝响，使如珍珠散落般的遍地美景的大香巴拉，大香格里拉更加丰厚，更显绝世奇美。如果你此生进行一次生命的洗礼，或者寻找一次心灵的抚慰和安宁，那么试图从杂志、文字、图片、网络中寻找香巴拉净土的努力都会是徒劳的，香巴拉的美是要用脚步和身体来体验，用眼睛和耳朵来感受，走进它用心抚摸它的肌肤和质地，你会聆听到阳光拂过雪山的声音。在这天之精灵的抚慰下，心灵里升腾的美丽缓慢地释放。

　　蓦然回首,心中犹如清晨第一缕阳光掠过最美的雪峰。

贵德:东部藏地的心灵游牧之地

　　"香格里拉"这梦幻般的蓬莱仙境,美妙绝伦的人间乐土,她如此虚幻迷离地、永恒地、安详和宁静地镶嵌在连绵的雪峰峡谷、旖旎的湖光山色之中,耐人寻味地荡漾了整整半个世纪,她与藏经中记载的释迦牟尼指的香巴拉王国如出一辙,至今仍散发着诱人的余香,这正是英国小说家希尔顿·詹姆斯《消失的地平线》这部蜚声全球的旷世奇作的奇妙之处。

　　1933年,英国作家希尔顿·詹姆斯在它的《消失的地平线》中所描述的人间仙境香格里拉,用他优美的文学向世人描绘了一个东方仙境,一个充满梦幻充满诗意充满田园牧歌指引着人们美轮美奂中找寻流逝已久的梦幻——香格里拉。半个多世纪以来,许多外国人漂洋过海寻找《消失的地平线》上的香格里拉,留下让人永无止境的探求,他从绝妙的大自然滑向更为遥远的神话,让读者看到了永驻在人们心里的真正的香格里拉。于是多少个心怀童话的詹姆斯走向漫漫的寻梦之旅,我在其中,在青藏高原,这绝尘净域的旷古秘境里我幸运地找到了一块心仪之地,它像一朵莲花,一块翡翠,一块蓝宝石镶嵌在青藏高原东部,黄河上游的山峦之中,那就是让我梦牵魂绕的贵德,它四面环绕着阿玛索格、扎木日根、胜保杂、若色拉等神山,中间形成了黄河两岸宽阔的平原地带,周围三河(河阴、河东、河西),四沟(东沟、莫曲沟、罗汉堂沟、尕让沟)地区沟壑纵横,莫曲河、昨那河、曲乃河、尕让河、果日尘巴河成网状蜿蜒分布在四沟地区,地势从最高处海拔5011米,到谷地2070米,成垂直分布,山顶白雪皑皑,山腰烟雾缥缈间隐隐露出苍松翠柏,草地上宛如白云般的牛羊,山脚则是山峰嶙峋,层岩叠嶂、千奇百态的丹霞地貌,平缓的黄河两岸都是绿荫盈野、阡陌纵横、百花灿烂、凉爽丰美的一片绝尘净域。气候的垂直分布,使这里成为适宜多样植物生长的生物宝库,万千气象簇拥在连绵起伏的天然屏障内,形成了东部藏地的世外桃源和自然地理公园。

贵德的确是万里黄河流域田园风光的绝响,我们不比费笔墨就在文人骚客留下的精美绝妙的文字"黄河春涨""沸泉冬温""东山烟雨""南海溪声""仙阁插云""龙池灵湫""素古积雪""峡谷蚀貌""白塔映日""河滨翠珠""古柳拂市""神崖滴水""坐曲飞瀑""长虹卧波""虎台揽春",这古新八景中领略到贵德万千的气象,厚重的文化,人文地理的多样,这处处充满乡村意象的童话仙境里心灵又一次获得田园牧歌式的诗意世界。

在贵德,无论你畅游在林木葱郁的林间村落漫步,在清香四溢的果树下乘凉,或是在花红柳绿、麦浪滚滚的田间地头游闲,

山神的牧场

还是在凉爽清新,清冽透亮的黄河之滨静静地感受,一股从未有过的自然气息会穿透体内,给人带来飞翔和辽远的生命感悟和激情。此刻与身边满目苍翠的青山绿水和谐地融为一体。

贵德又是滋润着浓浓藏文化氛围的神奇宝地,传说中的阿玛索格神山"九池神女",是阿尼玛卿雪山的第九位公主,传说中的一位武将的化神阿尼直亥因骁勇善战,特封为阿尼玛卿雪山的东守护神,还有阿尼胜保神山,雄居于绰约迷离,烟雾笼罩的崇山峻岭之中,日夜守望着这一片人间仙境。在这块钟灵毓秀的灵山仙水间,千年古刹乜纳塔隐藏在苍柳翠杨间,造型与北京北塔相似,称为青海第一寺,乜纳塔始建于唐代的(据传吐蕃赤祖德赞的第四十一位藏王所建),相传塔的基部有避水的宝珠,经黄河千百年冲刺,仍不坍塌,被誉为"避水圣珠""镇水宝塔",留下千古之秘。久负盛名,建于宋代被誉为前藏第一寺的珍珠寺,藏语称"觉觉拉康",《安多政教史》载,萨班贡噶坚赞因阔端之邀请来安多地区,途径青海,曾来贵德朝拜乜纳寺,以阔端所赠的一驮珍珠为资金建寺,宗教地位仅次于西藏拉萨的大昭寺,主供的释迦牟尼佛加持力相当于拉萨大昭寺的释迦牟尼。正殿殿顶覆盖琉璃瓦,镏镏金顶该寺虽然规模不大,但因其宗教地位影响深远,每逢农历三月十五日的守斋节时,安多、康巴、西藏乃至印度等地的善男信女纷至沓来,顶礼膜拜。因寺院位于村落旁,四周村庄环绕,近处林木郁郁葱葱,使珍珠寺在炊烟四起之时更显古香古色。建于元代的文昌阁古庙大殿玲珑挺拔,流光溢彩,雕梁画栋建造布局错落有致,严谨精巧。建于明代的长佛寺,《安多政教史》记载该寺名为"白佛寺"。据传,古时有白色巨石一块,用它雕成弥勒佛像一尊,供奉佛像每年增高几厘米,故称"拉让吉",汉语称长佛寺。还有铁瓦寺、大华寺、白马寺、昨那寺、罗汉塘寺、色尔加寺。给这片今人神往的纯净的自然之地带来佛吹梵音,慈悲祥和,给烦忧的众生普度到精神的天堂。

在青藏高原东北边缘,由于黄河这条滔滔不尽的生命之河的恩赐和滋养,早在两千多年前人类就在这里繁衍生息,写下一部壮丽辉煌的文化史,正因为如此厚重的文化底蕴,这里的文化遗产和历史资源异常的丰富,自两汉(公元前60年),在贵德首次设置河关县后,魏晋南北朝时期(公元439年)设浇河戍。隋唐时期吐谷浑人(公元576年)建廓州,公元629年设置静边镇。公元677年设积石军。元时738年吐蕃设"吐蕃麦庄"。公元754年设浇河郡。公元760年吐蕃称溪哥城,宋元时期,公元1089年,贵德为吐蕃□角厮□罗政权割地。公元1253年,置贵德州宣慰司,贵德地名首次出现。公元1271年,设贵德州,属河州路。公元1288年河州宣慰司下设必里万户府。明代,公元1371年,设必里千户府,隶河州。公元1592年,归德玉皇阁建成。公元1761年改归德所为贵德所,公元1792年,贵德改所为厅,设抚番同知。民国时期,公元1913年,贵德厅为贵德县,在梳理时间跨度两千余年的贵德历史脉线时,心里是沉甸甸的,思绪缓缓地飘向遥远的古代,先民们在高山大河与世隔绝的世外桃源里,留下了如此丰厚的物质的、非物质的文化遗产,我们站在前人留下的文明厚土上又一次地开始着梦幻之旅。悠悠古代文明

的召唤下再一次触动了我的文化激情,登上了嵯峨高起、直插云霄的贵德标志性古建筑玉皇阁,俯视全城,远山近水,田畴村落,一川风光尽收眼底,凭栏无限桑田意,剩有灵光俯碧流。

蓦然间临近黄昏,晚霞透过悠悠古城墙,仿佛指引着我们从残垣断壁的土丘上,找寻流逝已久的故事……

在电影《智美更登》的引领下
走进清风拂来的乡村

    向往电影,向往那光、影、声构成浪漫的影像世界,传达出人间的另一种鲜活的景象,在那个空间,人的思想和心智又一次自由地翱翔,在那一刻所有的梦想都提供了释怀的可能,谢晋说:"导演是用镜头写作的作家。"无论清风一片的伊朗电影导演阿巴期的《橄榄树下的情人》里两位男女主人公行将分离之时,一直走进绿树成荫的橄榄林中,在男主人公的追逐下,女主人公渐渐消失在橄榄林深处。电影奇迹的创作者张艺谋的《大红灯笼高高挂》中,他以摄影家的独特视角和敏锐的色彩感觉,精心摄制了这部作品,古旧的沈家大院,高高挂起的红灯笼,极富时代特色的家私道具,不仅拍出了人物美、画面美,而且色彩浓重绚丽,给予中国观众和中国影人极大的震动。善于怀旧的意大利导演托纳多雷的影片《天堂电影院》,导演以他独特的艺术构思和朴实的镜头语言,饱含深情地记录了电影史的黄金时代,他的镜语简洁、典型、温馨,很容易叩打观众的心弦,让人受到深深地感染。"天堂电影院"放映间，女主人公突然出现，两人幸福地接吻。接着出现了这些镜头：影院观众因断片叫了起来；两人忘情接吻；两人在山野吃"野果餐"；两人在麦地里，这段戏浪漫、美丽而幽默，展现了青春爱情的炽烈，突出了少男少女的浪漫情怀，新年将至，为了让更多的百姓能看到电影，老放映员艾费多将"银幕"改在墙壁上放露天电影……这一切中外电影的精彩片段历历在目。

奇妙的光、影、声传达的秘境，神奇得让我如梦如幻，如痴如醉，我热爱着电影……怀着对电影的一丝渴望，一丝好奇，十一月初冬的一天，一路上沿着初冬的寒意和萧条进入黄南，因黄南州府所处四面环山的谷地，形成了独特的小气候，这里的树木和草地颇有晚秋的味道，满目沧桑而圆实厚重，这大自然的景致，应验着导演的某些特质，远山近村，那满地的金黄，那弥漫在空气中的晚秋所特有的多种植物果实的气息，仿佛这一切似乎进入导演的电影叙述的世界，将会变得鲜活而灵动起来，这不冷不热中，自然界在悄悄地蕴涵着走进内心之前的最后一次绚烂的表达，也许这就是导演丰盈地叙述剧情的初衷吧。夜色渐渐地浓起来了，当我们按照事前的预约穿过一条东西走向的主干道边的藏式餐吧门前，影片剧组已经开拍多时了吧，高清数字摄像机、寻音话筒、调音录音台、检视机、灯光等正在忙碌着，一起对向开始说戏的演员，一个表情和脸形有些特别的演员在扮演卓别林的角色，看上去很滑稽，演技如鱼得水，很入戏。霎时，导演一声停机的口令，整机组停下来，眼下正拍的戏就是导演继《静静的嘛呢石》后的又一个剧情长片《寻找智美更登》，故事简单而意味深长，讲述的是一个电影之外电影摄制组为寻找智美更登的角色，而展开的一系列跌宕起伏的爱情故事，这两部电影叙述方式返璞归真，就像伊朗著名电影导演阿巴斯《橄榄树下的情人》一样，质朴清晰、宁静朴素，在谦和的影像中，表现出对人的尊重和生命的蓬勃，拙朴中充满着禅意的灵动，他的叙述理念正如庞德的一句话所述："不要说话，让风说话……"他给观众留下的影像世界正如电影艺术家理查德·科利斯说："让其他的电影世界骑着火箭，你争我赶去吧，阿巴斯会找一僻静的所在，去安静的倾听一个人的心房，直到它停止跳动。"这句话似乎是导演万玛才旦的心灵语言流进影像叙述的生动素描。

　　然而最让人心动的是万玛才旦电影之外所提供的黄南藏域浓厚而质朴的文化气息，那次我与摄制组一起经过隆务大寺，沿隆务河逆流而上到一条深沟，靠公路边有一处村落，叫江什加，听村里的人讲，这是一个藏戏人才辈出的村子，村民们各个能表演几段藏戏，整个村子大约有百来户人家，村子东西两边是高峻的山峰，东面的缓坡上生长着茂密的野草和一些灌木和叫不上名字的杂木，山沟阴坡的褶皱里零星分布着一些高低不平的松柏，村庄却与藏区其他农区的村落一样，外墙用土夯实起来的四方形院落，每家每户的庄廓房前屋后杏树等果树笼罩着，狭窄幽长的巷道七拐八弯地通向每户人家，巷道里不时走来一两个懒洋洋的驴和家狗，巷道的两侧弯曲的果树枝又爬过高高低低的庄廓围墙，遮掩着幽深的巷道上空，树枝挂满金黄的树叶，冷风

的吹动下,撒下一路的叶片,摄制组的关于寻找智美更登的一个片段就选在这个村子里一户现已从州歌舞团藏戏演员岗位上退下来的职工家里,主角是约莫五十余岁的中年男子,在导演的指点下他很快入戏并铿锵有力的说唱着,说到动情处主角眉飞色舞。结束这段戏后,我们到了该村的嘛呢房,这时正值娘乃(闭斋)期间,全村的青年男女和老人围坐在一起,一个狭长屋檐下向两边一字摆开,有节奏地拉着连向巨大的嘛呢经筒皮绳,大家一起齐声唱诵着嘛呢。慢慢地,慢慢地我的思绪在悠长而伤感的嘛呢唱诵中飘向远方。

游历川西藏域

在阿坝

除了广阔，一无所有

除了遥远，一无所有

广大的天空里流淌着

绿色的声浪和大块的白云

这是最后栖居的天堂

最空前的抒情

面对如此草原，我真想落泪

大自然的造化似乎尤其钟情于川西北这片幽美而神奇的土地，这里平坦辽阔的湿地草原，广袤无垠，浩原沃野。每值盛夏季节，遥望一马平川的大草原，天高气爽，绿草茵茵，繁花似锦，芳香幽幽，牛羊漫野，牧歌悠悠，风情醉人。

这里有中国黄河第一弯，这里是世界最大的高原泥潭沼泽湿地草原，这里是世界上唯一种群——梅花鹿的家园，这里是世

110

界上唯一生长、繁殖高原的鹤——黑颈鹤的故乡。2005年,若尔盖·红原大草原被《中国国家地理》评为"中国最美的湿地"。这里是川西北香巴拉藏韵风情走廊。由于是寻找留存已久的梦幻,或者是渴望已久的川西北藏域音乐秘境,我又一次踏上这块诗意世界——阿坝。从东方小端士郎木寺出来,就仿佛进入了一幅幅绘就的安详的唐卡画,是因为流淌在这块土地上的一丝祥云,一群奔腾的骏马,或者一个行走草地上悠闲地放歌的牧人。在一场雨过晴天后,在一片如奶洗过的草场上浮现一道彩虹后,我好像走进了一幅名家镜头下荡气回肠的摄影作品之中,又像是进入了一幅精彩无比的电影画面中。也是因为在这片广阔的草原上,除大自然赋予的空灵、清静、祥和、空阔和绿色外,任何人为的声音都淡淡的隐退、消失,还原了大地的本质和坦荡。这也许是广施普度的佛祖赐予人间的清静童话之地吧。

我们驰骋在这梦幻和信仰辅就的藏地,心随草地的无限延伸而激情放飞。留存在心灵里的多少人为的郁闷被这大块的白云、碧蓝的天空和飘着野花的清香冲淡得荡然无存。当我们快到黄河第一弯时,路边盘脚坐在草滩上的几个老牧人和孩子吸引了我的视线,两位老人摇着转经筒,发自心灵深处的微笑安详而坦然,在古铜色的满是岁月沧桑的脸上开成了花,我确信那是这个世界上最坦荡最具魅力的笑容之一,我相信他们的精神世界应该很富足了,面对无常人生,就此富有足矣。

在如此旷古秘境里,你随处席地而坐,只听到一种声音,那是婉转动听的鸟叫了,在草原上鸟的鸣叫是自然界最美妙的音

111

乐了,原野上花草丛中牛羊悠闲地流动着,一片片野花在微风的吹动中带来阵阵花香,一块块白云缠绕着连绵起伏的山峦,像绘制在大地上的一幅美轮美奂的油画。

当我们临近有个叫唐克的黄河十八弯处时,已近黄昏,远远望去,那朦朦胧胧的远山,那碧蓝碧蓝的河水,那清风中夹杂着淡淡水气味的河风,那散落在山腰的点点羊群,散发着蜜香味的草香……人的心也随蓝天、湖水而伸展,辽阔而博大起来。走近河水,在微风的吹拂下,静静地盘腿坐在湖边,在恬静、空旷而无比辽远的河边,我的视线和心域也充满绿色和禅意,整个身体也与这水天一色的河水融为一体。当你坐在湖边远远望去,河面随着天气的变化呈现出不同的景象,粼粼波光像无数个撒满河面的宝石,有绿的、白的、水银色的,像珍珠、像玛瑙、像翡翠。河面上倒映着形态各异的山脉流云,还有若隐若现的飞禽。往近处看,清澈透明的河水,千奇百怪的卵石粒粒可数。几尾小鱼悠闲自在地游来游去。河面上海鸥时而在河水中游泳,时而在空中做着各式飞姿嬉闹着、冲刺着,好像是到了鸟类的自由天堂。时近傍晚,河风逐渐地多了起来,空气渐渐凉了,传来"哗哗"的波浪声,近处草丛中几只鸟儿不间断地鸣叫着,更增添了河边的幽静和致远,周围寂静得出奇,似乎走进了一幅悠远而禅意浓浓的画面。哦,这充满绿色、宁静、辽远的黄河。

我爱这诗意的若尔盖·红原草原。

梵天净土拉卜楞梵呗佛国

想起大夏河

想起拉卜楞醉心的海螺声

真想沿信徒的足迹做一次

长远的旅行

拉开寺院的幕帘

一头坚韧的牦牛

在寒冷而孤寂的疆域上

像一条母性的河流缓缓流淌

想起一位像水样的背水姑娘

真想躺在柔顺的草地

让周身流动圣洁的泉水

让乡浪节走进身体最中央

想象大夏河拉卜楞寺顶的法轮

113

在桑科草原

建造起情感的乐园

让我将心流放于

平静的谷底

把一生耸立成一片碧蓝的天空

向往拉卜楞,向往这坐落于大夏河傍的梵呗佛国,一踏进这块处处弥漫着仁慈、博爱、宽厚、圣洁、超度、安详的梵天佛地,从未有过的一种超然的庄严、超然的魅力、超然的温煦……宛如穿透寒冬的花香,占据了我心灵所有空间,这是真正意义上的超凡脱俗的心里体验,也是一次洁净而又辽远的灵魂净化过程,这就是佛地净土拉卜楞给我带来的辽阔飞翔的心域。这是一方吉祥的土地。

拉卜楞位于甘肃夏河县城西郊,是藏传佛教格鲁派六大宗主寺院之一,自寺院建立以来,这里一直是安多藏区宗教文化中心,拉卜楞简称"拉章扎西奇",意为寺院最高活佛"府邸"。拉卜楞在藏传佛教诸寺院中享有崇高的地位,是历代嘉木样活佛的住赐地。全寺有闻思、续部上院、续部下院、时轮、嘉金刚、医学院等六大学院,寺院主要建筑有六大学院殿堂,大经堂、大金瓦寺、小金瓦寺、狮子吼佛殿,宗喀巴佛殿,千手千眼观音殿、灵塔殿、德央宫、藏经楼,贡唐宝塔、德哇仓文殊佛殿等,登山远眺,白色藏式塔楼之间,错落有致,雕梁画栋,气势庄严、金碧辉煌,这里不仅有可容 3000 喇嘛同时诵经、举办佛事活动的大经堂,而且有全国藏经最多的寺院,现藏有各种图书 6 万余册,分为全集、

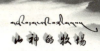

密宗、因明、医方明、声明、音韵、历史、教派、传记、工巧明、天文历算、诗词等 17 类，包括《丹珠尔》《甘珠尔》及宗喀巴、班禅额尔德尼、嘉木样等，以及藏区各大寺活佛的著作全集。拉卜楞寺还拥有珍奇罕见的文物琳琅满目，陨石、红珊树、纯金藏塔、珍珠宝塔，格萨尔王宝刀，每一世嘉木样活佛生前用过的轿车、法衣、金帽以及清朝帝封赐的印鉴、匾额等。这里一年一度还举行正月祈愿法会、二月法会、时轮金刚法会、四月会、七月法会、禳灾法会和燃灯节等佛事活动。其中正月法会规模最大、时间最长、内容最丰富、参加人数最多。在举行大法会期间，僧侣演奏的佛殿音乐别具特色，听着这安详天音佛乐，思绪将会向遥远的祥云缭绕的佛国净土。拉卜楞，真可谓是世界藏学府，东方梵蒂冈，安多的"拉萨"，永远的香巴拉天国。

　　当我真正进入拉卜楞营造的灵魂世界，在庄严肃穆的经堂闭目静养，在清晨桑烟袅袅的清晨里默默肃立，在藏式渲染的茶点里任思绪随意飘逸，在清净阳光下的僧舍里听僧人虔诚地诵经，在香浪节里像清泉一样的姑娘在晚霞里传出的甜美的笑声……这一切是在这块神仙居住的地方所传达出的超越时空的精神的花朵和灵魂的光芒。

　　神秘、厚重、宽容的藏地佛国——拉卜楞，我为你祝福。

印象黄南

　　黄南藏地,金色谷地,这块散发着厚实的藏文化氛围的河谷地区,有几个鲜亮的文化现象彰显在人们的视野,唐卡、藏戏、藏寺,还有很多遗留在远近村落里那些依次闪耀着远古鲜活的民俗,还有近代三位著名的传奇文人更登琼培、谢日仓活佛、端智嘉。

　　因为是这些文化魅力的吸引,我再次亲近这块古老而神奇的土地。那天从尖扎黄河大桥出发,沿黄河顺流而下,拉下车窗对岸快速地扫视而过,一处处村子包裹在绿树成荫的密林间,周围层层麦田,映托出雪白如玉的白塔,如行走在一幅幅田园牧歌式的油画中,更显出河谷农区的宁静、吉祥、和谐。再往下走,黄河渐渐地停顿下来,河面愈加宽大,到一座横跨黄河的大桥旁,这里形成盘踞山谷的大湖, 在起伏的山峦间静静地闪出幽蓝色的波光。车继续在怪石嶙峋的峡谷间穿行,两边的花岗岩上还不断地浮现着热贡艺人刻画的大幅佛画,这绵延的峡谷,似乎成了

热贡艺术的观赏走廊,眼下咆哮在谷底的就是隆务河,它的源头在麦秀林场,这条沟叫"格嵘",意为九条长沟,到第一个隧道口向南山坡望去,在一块谷地上村子依山势而建,错落有致,偶尔看到三三两两的藏羊、狗,还有一些驴懒散地游走在宽窄不一的巷道里。由于村落所处的位置比较特殊的缘故吧,村子显得分外的寂寥和平静,静得仿佛能听到内心的声音,然而值得庆幸的是村子保持着许多古朴的民俗,这个村就是当代文学奇人端智嘉的故里,又有蜚声海内外的电影《静静的嘛呢石》的主要外镜地,慕名前来观光的人渐渐地多了起来。走出这条惊心动魄的峡谷就是开阔平整的麻巴了,眼下正是油菜花耀金的时候,飘来阵阵花的清香。从麻巴出来就是热贡唐卡艺术的故乡上下吾屯,突然眼前一亮,一座金碧辉煌的佛塔和古老的寺院就呈现在眼前,这就是闻名于安多藏域的佛塔,塔的左侧八个如意宝塔一字摆开,旁边是吾屯大寺,寺院显得格外别致,这里个个都是绘制唐卡画的能工巧匠,著名唐卡艺术大师夏吾才让就出生在这个地方。从这儿约莫二十分钟的车程就到了历史文化名城同仁了,我们站在东山脚下向西远望,辉煌气派的隆务大寺依山势而建,整个寺院的格局有点像后藏的扎什伦布寺,在青海藏区除塔尔寺外也是一座很有名望的格鲁派寺院,住寺活佛谢日仓前世名扬天下,因其悠久的历史,浩繁的文物遗产,被列入全国重点文物保护单位,地处黄南州府所在地与这座古老的寺院的相依更突现出这座历史文化名城的文化底蕴,历史沧桑。

临近傍晚时分,漫步在黄南州府所在地的大街小巷,夜色里落下的绵绵细雨,滋润着盛夏的大地,这晚,大型原生态藏族舞剧《热贡神韵》将在这里演出,因黄南是安多藏域的戏乡,这里曾上演过八大藏戏及许多现代藏戏,那一夜空气中仿佛弥漫着纯美的艺术秀气,激活着我充满激情的生命之旅,那一夜是不同凡响的,走进剧院,在一首荡气回肠的民歌声中幕布徐徐地拉开,用藏汉两种文字书写的热贡神韵十六个金灿灿的大字闪亮地浮现,接下来整台歌舞由《序》《画魂》《舞祭》《民歌》《鼓韵》《石经》《祝福》七篇组成,现场飘逸着一股浓浓的黄南气息,把黄南这块吉祥的藏地净化成一处处童话般的神境,那流淌在背景画布上的祥云缭绕的神灵世界,那用灵魂和信念雕刻的嘛呢石,那宛如敲响心灵鼓面的龙鼓,由远而近走来。那一声声清脆的布谷声带着清香的水气在祥云中若隐若现的麦田农庄,那远古娱神的古朴於菟舞,那灿烂多姿的服饰,那悠扬动听的民歌……

沐浴在佛光灵气中的郎木寺

　　郎木寺,仙女的城镇,位于甘南州碌曲县城南 90 公里处,地理上属于青藏高原东部被谓之为"多麦六岗之一的玛尔康岗辖区内。"相传这里曾是一片茂密的原始森林,天然岩洞包藏其间,仙女之峰崛立其顶,虎狼栖息之穴随处可见。据《安多政教史》记载,从前这里确有老虎之穴,常有虎狼出没,加之山神妖魔作祟,危及芸芸众生,莲花生大师在此降妖伏魔,压邪扶正,除害安民。最早启开这处圣地之门者为东科·云丹嘉措,撰有《圣地记》并赐予授礼,认为此处乃二十四圣地之一,吉祥仙女现身居住。

　　郎木寺位于洮河源头南部,西倾山东端洮河发源地岭恰茹雪山南麓郭尔莽梁北麓的白龙江畔,地处甘、青、川藏区接壤地带,郎木寺由四川境内的格尔底寺和甘肃辖区内的赛赤寺构成,流淌在纳摩大峡谷中的白龙江把两寺天然地分隔开来。相传此地是莲花生大师来此降妖驯服猛虎,并教化佛法,使猛虎成为善良仙女化身的地方。而今虎穴依旧,郎木寺合称为德仓拉毛,即虎穴仙女。德仓,藏意为虎穴,拉毛藏意为仙女,虎穴洞中有一亭亭玉立酷似女子的钟乳石,其名由此而得,在拉毛(仙女)的两侧,一高耸石壁上,有一巨型手印,传说,从前石壁上有一洞口,与大海相通,海水喷涌不止,村寨成为汪洋。一日来一高僧,见此情景上前猛击一掌,洞口便被封住,从此滴水不漏,如今,那一米见长的掌印经悠悠岁月依然清晰可见。郎木寺这块风水宝地,处处有一段动人的神话传说,更显神秘空灵。

郎木寺为藏传佛教格鲁派寺院,始创于公元1748年,其创始人即第一任赤哇嘉参格桑,11岁受戒出家,27岁前往拉萨学法,投拜名师潜心学法,成为出类拔萃的大学者,年届55岁时,任西藏噶丹寺赤哇八年,期间广弘讲说。公元1747年,年届70岁的他经第七世达赖喇嘛格桑嘉措的允准,返回故里弘法讲经,并创建了郎木寺,郎木寺经历代活佛的创建、扩建,现有闻思学院、续部学院、时轮学院、医学院、印经院。寺院的佛塔主要有一世活佛的肉身灵塔,据说该灵体的头发,指甲如新长得一般。有以数万两黄金、白银、松耳石、珍珠等制作的历世其他活佛的灵塔,以及70余座大小不等、制作各异的佛塔。郎木寺辖有十座属寺和两座静修院,前后70位赤哇,最多时僧人达500余人,是安多地区闻名遐迩的大寺院之一。

郎木寺每年都举行晒佛、藏戏表演,跳法舞、酥油灯会、弥勒佛绕寺仪式、辩经会、沐浴节等重要佛事活动,巍巍壮观,法号齐鸣,万人祈福的晒佛节,拍掌声此起彼伏,妙语连珠的辩经声,神

120

圣肃穆的弥勒佛绕寺仪式等等接连不断。除此之外还有民间赛马会,香浪节,插箭节等民俗活动精彩纷呈,热闹非凡。

郎木寺处地空灵,山水相依,景色十分秀美幽静,身处与世隔绝的世外桃源。寺前山色,形似僧帽,寺东红色沙砾岩壁高峙,雄伟而挺拔、颇有美国科罗拉多大峡谷的风貌,当地人称供品山。寺西石峰高峻挺拔,嶙峋嵯峨,金碧辉煌的寺院建筑群和错落有致的佛塔僧舍,掩映在郁郁葱葱的古柏苍松间,波光涟漪的白龙江从佛塔民居间潺潺流动。这里就是背包客眼中的东方小瑞士,是摄影人的天堂。来自世界各地的游客,朝圣者拥向这里,郎木寺已成为一座国际化的小镇。

在恬淡宁静的小镇,你漫步在大街小巷,巷道两旁舒缓地荡漾着西洋乐曲的咖啡馆、返璞归真的客栈、风味独特的餐吧、令人心旌摇荡的茶吧林立在街道两旁,来自不同国家、不同肤色的旅行者们各自在这块苍松翠柏掩映下的郎木寺,寻找到几多向往。一份怀念,一次游历中的梦想,一次安顿心灵的港湾,一次虔诚的洗礼,一个空灵之中的顿悟。总之,空气通透,幽静空灵的郎木寺,给予你的很多很多。

东部藏域——海南文化的精神牧场

文化及文化名人效应，其影响力是广泛而深远的，它所留下的印迹深深地烙在人类的集体记忆里，它像一个巨大灵魂造就的磁场，深刻地触动着人们的情感，形成强有力的审美吸引力，使人们为之渴望、感动和向往。比如德国的歌德和贝多芬，法国的雨果和罗丹，印度的泰戈尔，美国的海明威，中国的鲁迅等等……这些强有力的、足够的、能够体现群体灵魂和艺术吸引力的文学大师们的精神遗产，让世界共同感动和温暖着。

文化的召唤是不受时间、空间、地域所限制的，在泱泱唐诗中我们的思绪穿越时空隧道进入遥远的唐代触摸到唐代诗人的浪漫情怀，同样我们飞越浩如烟海，博大精深的藏文化去倾听宗喀巴大师弘法讲经的声息……

文化名人对于一个城市，一方水土的影响是难以估量的，去过湖南湘西土家族苗族自治州凤凰小城的人都知道，凤凰是美丽的，漫江碧透的沱江、绵延幽深的石板巷，飞檐翘角的吊脚楼，

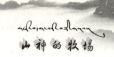
山神的牧场

随处可见的明清风韵的染纺、银号商铺,身着民族服饰的商贩散布其间,构成一幅悠远深长的湘西社会生活的风俗画卷。号称"中国通"的新西兰作家路易·艾黎曾慨叹说:"中国最美的小城是湖南湘西凤凰。"但凤凰的名气却并非源自它的天生丽质,而是由那些特立独行的名人造就的,没有作家沈从文,画家黄永玉这样的文化大师,凤凰不可能驰名海内外。

一入湘西,就像走在沈从文《边城》中沱江两岸古色古香的吊脚楼,狭长的石板街,水中倒映的白塔和乌篷船……仿佛到处都是他的影子,《边城》中尾尾叙述的湘西是和谐的生命形态,一切都是那样纯净自然,展现出一个诗意的自然环境和人类社会。作品有这样一段生活场景:由四川过湖南去,靠东有一条官路。这官路将近湘西边境到一个地方名为'茶峒'的小山城时,有一小溪,溪边有座白色小塔,塔下住了一户单独的人家。这人家只有一个老人,一个女孩,一只黄狗。这样生动鲜活的文字,使之成为"沈从文的凤凰"乃至"沈从文的湘西",成了小资们向往的蓬莱仙境,使得著名作家沈从文的故乡,凤凰城吸引了一批批来自美国、德国、捷克和以色列等国内外寻梦者,感受这座古城的历史底蕴和无穷魅力。来与留、见与闻、感与悟,使湘西从沈从文笔下翩然而出,飞向世界……

如今体现晋商文化的山西平遥,洋溢纳西族风情的云南丽江,小桥流水人家的江苏周庄之后的湘西凤凰古城,以独特的人文风韵吸引着越来越多的游客,据凤凰县旅游局统计,短短5年,前来凤凰观光的海外游客激增5倍,旅游年收入1998年为

123

2000万元,2006年突破1亿元,2007年仅"五一"黄金周的门票收入就超过2006年的全年总和,这就是文化名人沈从文的文学魅力所带来的经济价值和广阔的社会效应。

同样,地处青藏高原东部、驰名中外的中国最美的湖泊青海湖之南的海南藏族自治州,文化名人辈出,当代藏族文坛奇人端智嘉就在这块土地上当红文坛的,他的人生经历和心路历程充满传奇色彩,他为人处世特立独行,文学作品新颖独特,学术成果特色鲜明,在当代藏族文坛上演出了一幕幕有声有色的话剧,他与二十世纪的安多奇僧、人文主义先驱更敦群培大师并成藏族文化史上的奇才。他与著名作曲家玛交巴塔联袂的歌曲《啊,青海湖》,由著名歌唱家多杰才旦演绎,唱遍全藏。同一时期,曾一度红遍全国的大型藏族神话歌舞剧《霍岭之部》,一经在藏区演出就成了万人空巷去看戏的罕见的文化现象,在这片文化名人荟萃的青海湖之南,涌现出高僧大德雍增嘉措活佛、藏族传统文化的传播者和守望者夏智嘉措大师、古典诗歌的经典名家张荫西、著名诗人格桑多杰、藏族第一个电影导演万玛才旦、著名藏学专家甲乙·扎布、藏语相声艺术家曼拉杰甫、西德尼玛……这些久负盛名的艺术家共同营造着海南文化的魅力,并逐渐成为人们向往的文化圣地。海南藏族自治州,无论是作家群体的实力,专家队伍的总量,创作作品的产量,还是文化思潮的前卫,文艺种类的多样性以及传统文化传承上都走在10个藏族自治州的前列。恰卜恰是海南州府所在地,是全州政治、经济、文化的中心,这座草原城镇是一个年青的藏域小城,在更遥远的古代只是

124

唐蕃古道,河南古道上的栈道而已,再没有能够显赫一世的历史遗迹和文化标志了,能够让这座小城名扬的是属国家旅游名胜区青海湖之南,万里黄河上游龙羊峡之北的缘故,在地理标志上较为显赫,在藏区海南声名鹊起的主要原因,得益于海南民族师范学校和青海民族高等师范专科学校在州府落地,一时间各地文人骚客涌向海南。再一个原因是艺术家的摇篮——州民族歌舞剧团,形成了海南地域特色的作家、学者、诗人、艺术家群体、并开展了鹰的家园等重大的文学活动,得到了广泛而深远的影响。在这个激情飞扬,灵感激活的小城,艺术家的栖居更显出小城的浪漫和可爱。让我们共同走进文学叙述中的恰卜恰"那是初冬的一天,寒意已经弥漫这座沙漠边缘的小城,小城里发生的故事在每个人的心里舒缓地荡漾开来,雪纷纷扬扬地飘落在大街小巷,屋顶树枝间也挂满了雪,整个大地被白雪覆盖得严严实实,一片洁白,我不禁有些怅然若失地寻找有音乐的地方。蓦然,一家冒烟的馆子里几个穿着奇异、留着长发的人围着火炉边悠闲地喝酒,那不是几个本地稍有名气的诗人吗,可以看出一股艺术的暖流流向周身,浮现在脸上,他们幸福地喝醉了,夜幕完全降临,雪停了,一轮皎洁的圆月挂在天边,天空和大地分外通透,周围寂静得出奇。仿佛能听到月光落地的声音,午夜时分他们贪恋未尽地散伙了,在雪地里走路时咯吱……咯吱的声音由近而远慢慢消失在黑夜里,一路上留下一串串的脚印……"。

在源远流长的历史厚重和博大精深的藏文化之上,我们期待着一位艺术大师的横空出世。

拉萨,神仙居住的地方

那一夜

我听了一宿梵唱

不为参悟

只为寻你的一丝气息

那一月

我转过所有经轮

不为超度

只为触摸你的指纹

那一年

我磕长头拥抱尘埃

不为朝佛

只为贴着你的温暖

那一世

我翻遍十万大山

不为修来世

只为路中能与你相遇

那一瞬

我飞升成仙

不为长生

只为保佑你平安喜乐

……

拉萨，神仙居住的地方，你的善良和仁慈，如一股巨大的暖流，滋润和温暖着生生不息的人间，你的博大和无私，如一座高峻无比的山，阐释着精神的高贵。蓝天下，在故乡辽远的雄厚之上，你是我们诗意的栖息地啊。面对拉萨，我只有泪眼蒙蒙向您脱帽致礼。我幸福地礼赞这安详的大地。

拉萨，一个鲜活而温暖的话语，滋养着我的世界，同样我无限热爱的诗歌一样，无时不在爱恋着梦牵魂绕的拉萨。

2001年初春的一天，我随一拨演员进藏，一路上很幸福，在这之前拉萨在梦中无数次地相遇，幻化成多种神秘的景象复活在心里，经过两天多在漫长的青藏路上的颠簸，汽车忽然加速疾驶在一面缓坡下，在座的演员们欢呼着急刷刷地靠近车窗看，不远处，一座绛红色的宫殿浮现在眼前，车内一片寂静，很多人的眼眶潮湿了，有些人抑制不住内心的激动，抽搐着身子哭泣，这时我的眼泪像断了线的珍珠般打湿了衣裳，后来我问其他同胞也有同样的感触。也后来，我陪伴父母到拉萨朝拜时，在大昭寺门前父母双手合十瞻仰时也看到眼前一行清泪从他们满是皱纹的脸颊上流淌着,在大昭寺前只要留心观察朝圣的人群,许多香客久久肃立在大昭寺前潸然泪下,他们中有的从遥远的安多藏地跋山涉水,不远千里风餐露宿一步一叩匍匐朝向拉萨。这是一个什么样的人间壮举呀,到底是一种什么力量的召唤,在苍茫的大地写下如此敬畏崇高的灵魂,是生生不息的信仰,是纯真善良的信念,是滋润温暖的家园,是永垂不朽的精神啊……

　　大地、阳光、辽远、纯真、信仰、这是拉萨赐予我的财富。大昭寺位于拉萨老城区的中心,距今已有 1350 年的历史,除布达拉宫外是拉萨的第二个核心地带,相传大昭寺寺址最早是一片湖,松赞干布曾在此湖边向尼泊尔尺尊公主许诺,随戒指所落之处修建佛殿,熟料戒指恰好落入湖中,湖面顿时布满光网,光网之中显现出一座九级的白塔,于是,一场以千只山羊驮土建寺的浩荡工程开始了。为了纪念山羊的功绩,佛殿最初名为"惹萨",后改称"祖拉康",全称为"惹萨噶喜墀襄祖拉康",意为由山羊驮土而建。"大昭"的名字据说始于 15 世纪的"传昭大法会"。大昭寺是西藏现存最辉煌的吐蕃时期的建筑。大昭寺又是西藏重大佛事活动的中心,释迦牟尼十二岁等身佛堂是大昭寺的核心,也是大昭的主供佛,是朝圣者最终的向往。千佛廊绕"觉康"佛殿转一圈"襄廊"方圆满。这便是拉萨内、中、外三条转经道的"内圈",围绕大昭寺则为"中圈",即帕廓。围绕大昭寺、药王山、布达拉宫、小昭寺为"外圈",即"林廓",已绕拉萨城大半。帕廓街是拉萨最古老的环形街道,也是西藏最具古色古香的、有着浓郁藏族生活气息的老街区,旧是"噶厦"政府的机构所设地,许多重大的政治、宗教文化活动都在这里进行,公元

山神的牧场

6 世纪,这里供松赞干布和臣相、嫔妃居住,这就是帕廓街最早的四个宫殿。大昭寺建成以后,四方游僧,八方信徒纷纷而至,大昭寺周围逐渐出现了十八座家族式的建筑。而今沿街藏西餐吧、藏书吧、西藏风情画廊、甜茶馆、咖啡厅、唐卡绘制店、茶吧、藏饰品等处处彰显着浓厚藏文化的魅力,成为包罗万象、无所不有的拉萨生活的缩影了。来自世界各地不同肤色的人在这里交织着,名副其实地成为国际化的域外自由港, 稍不留神还以为自己身处异国风情之中。这里到处是一幢挨一幢的藏式楼房。在这些白墙红顶、气派宏大、古朴典雅的藏式门店内到处是琳琅满目的藏式佩器、饮器、藏香卡垫、氆氇地毯等民间工艺品,这里是西藏商品、物资的集散地,是西藏民族文化的"百科全书"。也是心灵游牧的天堂。

　　散漫地游在帕廓街,神秘肃穆的神殿楼阁间飘扬着经幡,桑烟袅袅。转到帕廓北街一个古旧的黄房叫夏帽嘎布,是一家远近闻名的古老店,由尼泊尔人巴苏然纳创办。"夏帽嘎布"意为"白帽子",因为当时很多藏族人不会叫"巴苏然纳"这个名字。看到他头戴尼泊尔帽整天忙着做生意,就干脆叫他"夏帽嘎布","夏帽嘎布"始建于 20 世纪 30 年代。在帕廓街东南角与东孜苏格路交汇处,有一幢涂满黄色颜料的别致的二层小楼,是六世达赖仓央嘉措的秘宫。他曾在这幢黄房子里写过一首著名的诗歌《在那东山顶上》,"在那东山顶上,升起皎洁月亮,母亲般的情人脸庞,浮现在我心上……"据说这位情人叫"玛吉阿米",是仓央嘉措喜欢的一个女人。如今,这里出现了一个叫"玛吉阿米"的藏餐吧,进出餐吧游客如云,来自世界各地慕名前来的艺术家和文化

129

名流也常聚此处,静坐此地,满屋的西藏风情,藏域情调缓慢地走进心域。

在拉萨,一个人独自游荡在静穆的寺庙,朝圣的人群、古旧的书屋、庄严的宫殿下,别样的音乐房,热闹的风情街,一种从未有过的幸福,像遥远的童话住进心地,你会寻找到心灵流失已久的音乐。在清风细雨中缓缓回到纯真浪漫的童年。

这里满天满地流淌着美丽的抒情。阳光下的拉萨真好。

麦香飘溢的藏乡道帏

道帏,即藏音译,意为形似帐篷的巨石,由此而得名,站在甘青交接的大力加神山豁口向西北方向望去, 呈现在眼前的是一条开阔的麦田地带,两侧横亘的山峦纵横起伏,高耸入云的山峰间依次是藏地神山阿尼大力加神山三兄弟,阿尼仁欠、阿尼奥保欠、阿尼古月等诸神山,这些神山,各个冷峻挺拔、直插云霄,每座神山都有一段神奇美妙的传说。两边山脚下布满了一片片村落,一条蜿蜒曲折的河流从大力加山根沿着谷底缓缓流淌,滋润着道帏藏乡。道帏这个耀眼的地方,在广大藏区早已是闻名遐迩了,这主要得益于近代史上誉满神州的藏传佛教文化集大成者、著名学者喜饶嘉措大师,以及许多名扬四海的高僧大德,另一个是安多自然佛塔,这些闪亮的名称,鲜活地浮现在藏区大众的视野,而这块历史悠久,文化底蕴深厚的地方,流传着许多鲜为人知的民间故事,在传奇的民间故事里,我们会找到善良朴实的民魂,以及他们童话般的内心世界。这个散发着浓浓民俗的藏乡,每年都开展各种民俗活动,其中一年一度的道帏拉则(民间插箭仪式),尤为盛大而远扬四海。这项仪式由拉卜楞寺著名格鲁派活佛第七世贡唐仓旦贝旺秀倡导,并亲自选址开光的。每值盛夏农历六月十五那天,远近藏族村落,人们穿上节日的盛装,每村每户,青年男子肩扛松木等制成的箭柄,并捆上五颜六色木制的箭羽,人们汇集在古雷寺附近。首先僧人集体诵经祈福,然后各村依次扛着箭,桑烟缭绕中洒风马,啦加罗……响彻山谷的喊声里将插箭仪式推向了高潮。另一个插箭活动,在六月初十举行。这天与六月十五全乡的拉则节相比逊色多了,人数也少得多,但历史比较久远。相传阿尼大力加神山是一位勇敢善战,英姿飒爽的武将,人们为了祭拜这位武神,特举行插箭仪式,之后每村都要宰羊欢庆。到中午时分,骑马回村子,这时身着盛装在村子边等候多时的村民,观看赛马活动,其优胜者献哈达挂红祝贺。当夜幕降临后,在田间地头唱拉伊,悠扬销魂的拉伊声飘荡在皎洁的月光下。六月十五过后,人们一大早带上吉祥袋儿(用印有经文的布袋里盛五谷或其他宝物,有的盛在龙碗等器皿中,再把口用彩布绷缠好),快到神湖边你若不出声静静地观望,神湖便如平静的镜面一般,若神湖听到人们的喊声,则波涛汹涌。此刻,地处甘青交界的大力加神湖云雾缭绕,神秘莫测,湖面平静如镜,白云、神山倒映在神湖中,宛如灵动的仙境。从这儿极目远眺,甘肃一侧沉浸在茫茫云海之中,仿佛自己已成为飘飘欲仙的仙女在洁白的云团上飘然降临,顿觉一览众山小,无限风光在峰顶的感慨。

在这块乡土气息浓厚、文化多样的道帏乡还有宁巴、张沙的拉则(神舞),这项民间祭神活动被列为省级非物质文化遗产,还有夕冲村的"阿杂然",又名白格尔的说唱戏,其戏文幽默诙谐,富有哲理。有吾曼道村的藏狮子舞,贺隆布的"夏日将"鹿舞(手持形似巴郎鼓的手鼓,顺着鼓声节奏,舞似鹿像鹰,边舞边唱中不断变换着舞姿图案。)等民俗舞活动异彩纷呈,绚丽多姿。然而在道帏藏乡又为称道是远近闻名的宁巴、比隆等村的石砌艺术,以其工序繁多,所砌的石砌工艺墙体坚如磐石,墙面笔直如箭,浑然天成,具有很高的石砌建筑艺术工艺价值而得名,是民间石砌艺术的"活化石"。

走进道帏乡村,不得不对其原汁原味的民间美食而赞不绝口。在许多民间小吃中尤为独树一帜的是油亮光洁的水晶包子(又称"曲吉措玛",意为未发酵的面做成的包子),做法:把羊肉或牛肉剁碎成大小如豆的细肉, 将葱切碎放少许盐和切好的肉放到一起拌匀后,放进擀好的面皮里,捏成有花纹的包子,煮熟后,开一小口,慢慢吸汁,带有肉香和葱花味的汁,绵厚而酥香,回味悠长。"空尕"藏意为用蒸笼煮熟的碗肉汤,做法是把精制的羊肉或牛肉切成大拇指般大小均匀的肉块,盛入凉水的碗中,以少需葱和盐为佐料,将碗口架上一双筷子,把揉好的面用擀面杖擀成薄片严严实实地扣在碗上,蒸煮后,视之如珍珠玉帛,嗅之清香诱人,食之其味醇厚,汤头绵厚。馄锅馍,将揉好的面坯,放入生铁圆锅里,放入温火或火灰中,利用火灰中的热量使铁锅中镶嵌有花纹的面团成熟,称之为"馄锅馍"。藏意为火烤馍,其味

133

绵厚醇香,酥软爽口,麦香飘逸。搅团也是道帏农区的特色美食之一,制作方法为铁锅里加适量的水烧开,一边用手缓缓撒入豆面粉,一边用擀面杖不停地搅动,搅团有大麦、豆面、荞面和杂和面,吃搅团一般切块,蘸些葱泥,油泼辣子,倒点陈醋等佐料,吃出酸辣、鲜香的味道。

　　说起道帏藏乡的野菜也是不胜枚举,有苦苦菜,"细不细肉"(田间生长的一种豆科类植物),"奥里才马"(带刺的一种植物)"斗哈"(初春时出土的蕨类植物)等,用田间地头的野菜制作的各种农家藏式包子,鲜香爽口,回味无穷。

　　哦,道帏这块满山满地流淌着乡村幸福的山谷。

恢宏千年的神秘茶马走廊——"河南道"

　　宗日,藏语,是指人群聚集的地方,隶属青海海南州。这里因出土"国之瑰宝"舞蹈彩陶盆和双人抬物彩陶盆而得名。宗日出土的彩陶之精美、丰富,在整个黄河流域文明中堪称奇迹。是其成为新石器考古史上举世无双的宗日文化,距今有六千年的历史。从西汉以来,古老的民族羌、白兰、氐、吐谷浑、吐蕃以及中原汉族政权等在海南这块富饶的地方建城设郡,拓疆封地,这里曾驰骋过吐蕃的铁蹄,飘扬过吐谷浑、唃厮啰人的旗帜,留下过羌人的印迹……这里也是一条浪漫的恋情之路,多少次迎亲的队伍护送过一个个闪耀着珠光宝气的绝世佳人。隋开皇十一年(596年),吐谷浑王世伏允继位,隋将光化公主远嫁吐谷浑,成为吐谷浑五世伏允之妻。唐贞观十三年(639年),吐谷浑西平郡诺曷钵王,唐将宗室女弘化公主嫁诺曷钵为妻。唐贞观十五年(641年),文成公主远嫁松赞干布途径河源郡,诺曷钵和弘化公主在今海南境内修筑行宫,沿途设帐,载歌载舞热情迎送,文成公主在此逗留月余。唐景龙四年(710年),唐金成公主出嫁吐蕃赞普弃隶踪赞。景龙二年,唐将包括今共和、贵德在内的黄河九曲之地作为公主"汤沐之所"划给吐蕃。这片令人心醉的浪漫之地,曾留下过公主们如花似玉般美丽的面容、风姿绰约的身影和她们情意绵绵的传奇故事。神奇的唐蕃古道从此异常繁忙起来。

据史载,秦汉时期羌人开辟的"羌中道",由日月山进入,经青海湖北至伏俟城,然后通往西藏、四川。魏晋南北朝时,河西走廊群雄割据,战火频频,"丝绸之路"堵塞,往返于东西方的僧侣与商旅,沿着羌中道,从西宁、青海湖西岸伏俟城和柴达木盆地通过,成为河西走廊以南的另一条通道。与此同时,驰名中外的唐蕃古道从日月山入境,经倒淌河、东巴、恰卜恰、切吉、大河坝,进入果洛、拉萨,唐代文成公主入藏时车载佛像,可见当时已通马车。还有西汉神爵二年(公元前60年),为加强郡县联系而开辟的驿道"金成道"从河关越扎麻山经罗亭(今尖扎),渡黄河至和罗谷口(今化隆县群科镇),向北接和罗谷安夷道(今化隆昂思多至平安县),或向东经邯亭(今化隆县甘都镇)到洛都(乐都)至金城郡。

临羌归义城道,东汉建初二年(公元前77年),绕当羌迷吾起兵反汉,汉护羌校尉从安夷进驻临羌(今湟源县南古城,后移今湟中县通海乡),开辟从临羌经荔谷(今湟中县康城一带)越阿尼吉利山(今拉脊山江拉垭豁一带)至归义城(今尕让乡尕让村)之道。这实际上是一条军事路线,沿途派万兵把守以防备烧当羌渡河北上。

136

　　河州驿道,同时设贵德州,隶河州路,开辟了贵德至河州驿道,从州治地(今河阳镇),途径兰角、三岔塘、保安至循化士门关到河州。全长约315公里。驿道不仅是驿路,也是茶马交易的商道,及元、明时期贵德通向内地的官道。还有清乾隆三年(1788年),贵德西宁道。

　　这些尘封在久远历史记忆里的古道纵横海南全境,曾无数次激活着这些生生不息的生命之路。而在驰名中外的唐蕃古道之前有一条鲜为人知的草原王国吐谷浑人开辟的传奇古道"河南道",以今海南州为核心神秘地延续了350年。丝绸之路南道"河南道",地理位置恰在黄河之南,史学界称其为"河南道"或"吐谷浑道",南北朝时期,河西走廊一带烽火连绵,丝路古道受阻。于是,在吐谷浑王国的推动下,丝绸之路的南道开始复兴,并一度取代河西道成为丝绸之路的主干道,延续了中国自汉朝以来的中西文化交流。

　　丝绸之路"河南道"是一条政治、商贾之路,又是一条文化之路,自吐谷浑可汗树洛干、阿豺继位经拾寅、伏连、夸吕、伏允到末代可汗诺曷钵,公元663年吐蕃与吐谷浑在黄河边决战,被吐蕃破灭,神秘的草原王国吐谷浑永远地沉寂了,结束了它350年的立国历史。

　　吐谷浑国力鼎盛时期,以黄河以南为中心,东边到甘肃迭部(叠川)、四川松潘(龙涸),西南与新疆和田(于阗)相邻,南面延伸到了阿尼玛卿山、昆仑山、北到祁连山,拥有着东西4000里,南北2000里的辽阔疆域。

海南地区同德、兴海交接的曲什安河流域(伏罗川),贵南茫拉河流域(莫河川),青海湖畔的伏俟城(王者之城),这些水草丰饶、土地肥沃、气候温和的地方,一度成为吐谷浑人称王称霸的核心活动地带。稳定疆土之后,逐渐强盛起来的吐谷浑,出于与南朝开展经济、政治、文化交流的需要,吐谷浑人在自己的境内开辟了一条通往南朝都城建康(今南京)的新道。他们的使者从今青海湖(伏俟城)、伏罗川(曲什安河流域)、莫河川(茫拉河流域)向东南行、经共和或兴海、贵南、同德县渡黄河、过浇河(今贵德)、黄南州、甘肃夏河八角古城(甘加乡)、枹罕(今临夏)、临洮、迭部到四川甘松(若尔盖)、昂城(阿坝)、龙涸(松潘),沉岷江顺流而下到达蜀都的中心益州(成都)一带,再沿长江而下到达建康(南京),再向东南亚各国行进。到达建康,向南朝皇帝进贡土特产,与南朝人贸易。从慕利延开始,吐谷浑的好几个王被南朝封为"河南王",《南齐》《梁书》《南史》都以"河南"来指称吐谷浑王国,并为其立传,而丝绸之路南的地理位置恰在黄河之南,史称"河南道",又叫"吐谷浑道",这条道向西,在青海南岸可以与丝绸南路的三条支线相衔接。其一,经青海湖南岸或北岸,过柴达木、大柴旦、出当金山口、到达甘肃敦煌,汇入河西走廊道,再往西域;其二,过青海湖南岸,经都兰、诺木洪、格尔木,再向西北经过尕斯库勒湖,越阿尔金山到西域;其三,那些去西天取经的和尚,东来传法的印度僧侣,往来于南朝和西域之间的使者和商人,大都穿行在历史上非常有名而鲜为人知的"河南道"上。

吐谷浑是丝绸之路南道的中转站,也是丝绸之路南道的中

138

介者。丝绸之路南道长路漫漫，吐谷浑人不仅担负起了指引方向，提供翻译，武装护送等重任。还积极与来自中亚、西亚的胡商们进行中转贸易，他们将大量的丝绸、棉布、瓷器、茶叶、纸张等从中国南方运到吐谷浑国内，然后辗转销往西域各国，同时也将西域的金银制品、玻璃器皿、香料及珍禽异兽等贩运到国内，销往中国南北的各个市场。至公元663年吐谷浑被青藏高原强大的王国吐蕃一网打尽，尔后这条神秘而传奇的古道延续了仅百年后永远销声匿迹了。

这块中国最美的湖泊青海湖之南的神秘藏地，这块充满着绝美的自然风光和多样的人文秘境——海南，这些神奇的古道穿越无数河流丛林、高山峡谷、牧场村落。自秦汉以来，二千多年的历史沧桑里，铺就了一条文明之路，和亲之路，商业之路，政治之路。今天，揭开封存在历史记忆里的古道，不仅追怀的是一段传奇的历史印迹，它是世界珍贵的人类文化遗产，也是一条绚丽多彩的民族文化走廊。

站在这残存的古道上，站在怀念古代那一段段隐秘历史的深处，伸手触摸这遥远的记忆，仿佛进入悠远的历史故事中，那条悠悠古道上一行行忽明忽暗的马帮随着由远而近的马蹄声缓缓走来……

黄河流域的圣境绝响

　　走进绿色和清风笼罩的黄河之滨贵德，人的心域一下子被青山绿水所浸湿，那弥漫在空气中的梨花和麦苗的清香渗透体内染绿心的空间,使心灵里留存的苦闷和孤独,被淳朴的农家风情和自然之光清洗得充满清新、飘逸、透明而清爽。

　　在贵德,当你走进葱郁的杏花园、梨花园,还是到清香的桃花园和香柳园,一股淡淡的果香味,一丝清冽的自然气息扑鼻而来,沁人心脾,令人迷醉,这时屏住呼吸静神闭目,深深地吸一口清冽的空气,仿佛全身透亮。

　　人在贵德,不管你身处金色的沙滩浴场,清爽的黄河之滨,还是翠绿的树林,幽静的果园,空灵的庙宇,淳朴的农家,感受清香的梨花,感受柔和的阳光,感受清爽的空气,感受鸟鸣,这天籁般的田园气息穿透肉体和精神,给生命于如花的艳丽。如诗般的辽远和飞翔。

　　高原江南贵德县是青藏高原上的一朵瑰丽的奇葩, 位于黄

河上游青海省东部,东北距省会城市西宁 114 公里,西北是著名旅游风景区青海湖,西望龙羊峡拉西瓦峡谷,扼宁果公路之要枢。东俯阿什贡丹霞风貌、东山原始森林及坎布拉国家森林公园相依并济,境内环山抱水、山清水秀、绿荫翠碧、钟灵毓秀,近有平川,远依山原。春则百花争艳、清香四溢。夏则绿荫盈野、凉爽宜人。秋则果实累累,瓜果飘香。冬无严寒、夏无酷暑、四季温和、是理想的天然避暑胜地。风光之秀丽不亚于江南,故有青海"小江南"之美誉。境内还有众多千姿百态,巧夺天工,神奇优美,蔚为壮观的自然景观。闻名退迩的古新十六景交相辉映,相得益彰。贵德以其清秀的山川,飘香的瓜果、翠碧的绿荫,林立的奇峰、纯朴的民风,众多的庙宇而久负盛名。融历史文化名城、田园情趣、江南风光为一体。沉浸在"梨花似雪柳如烟,莺晴燕啼杂管弦,已到桃源绝胜处,何须再去问渔船"的田园美景之中。

到贵德旅游可以说旅游雅趣俯首皆是一点都不为过,单过拉脊山便有:远眺雪山、霓氤氲的气象之壮观;还有格萨尔王"拴马桩"的瑰丽传说;走进阿什贡峡,夕阳下火红的乱峰兀立之处,你会疑惑唐三藏之"火焰山"的故事,是否就发生在昨天;走进松巴峡,那阒无人迹的古柏群中,峭立千仞的绝壁中残留密宗洞穴,溪流过处的古柳虬枝,无不给你留下空灵之幽想、探古之心悸……

瑰丽而悠远的历史同样给贵德留下了丰富的人文景观,且不说妇孺皆知的玉皇阁、文昌宫和南海殿。据说代表着道、儒、佛、天主教等各种教派之寺庙在"三河"地区就有七十余处。贵德的古城遗址、碑文楹联、出土文物不胜枚举……其中玉皇阁嵯峨高耸,有仙阁插云之势。登阁远眺,苍茫逶迤的群山,翠绿起伏的沃野,滚滚东流的黄河,炊烟袅袅的村庄尽收眼底,令人心旷神怡。离县城 15 公里处的河西扎仓温泉,早在明朝初期就开始药浴治病,至今已有六百多年的历史,它比"天下第一汤"的云南安宁温泉还早一百年。泉水中含有多种矿物质成分,对皮肤病、关节炎、类风湿、腰肌劳损等多种疾病有特殊疗效,远近闻名。被誉为"龙池灵湫"的龙王池和附近的"坐曲"风景区,山高峡深,森林茂密。夏日间,有皑皑白雪的高山,飞流的瀑布,广袤的草原,构成了一幅美丽的画卷。还有那阿什贡、麻吾峡的风蚀山貌,江拉天然林区的景观,更有那黄河横穿境内,丹山碧水相依并济,丹霞地貌独居特色,堪称一绝。河谷两岸气候温和,空气清新,风景优美,一派江南风光。前不久,时任国务院副总理钱其琛视察贵德时,看到贵德境内碧水清澈的黄河水,感慨地作了"天下黄河贵德清"的题词。贵德县美丽宜人的田园风光,千奇百态的旅游景点,享誉海内外。南海溪声,指贵德城南南海殿,历来为贵德一大名胜。山如龙行,山前原有南海观音菩萨殿、三清宫、王母宫等,山顶有文锋阁牌坊,佛塔掩映于垂柳松柏之间,殿宇宫墙错落于溪流山岩之中,山腰小桥横斜,溪水潺潺,古木参天浓荫蔽日,每值吉日良辰,游人如织。东山烟雨,指贵德县东山"胜保扎",此处松林茂密,野雉麋兔出没其间,山花异卉点缀清泉怪石,山石常被烟雾笼罩,分外幽丽。天气晴朗时,雾像一条黛青色带子,缠绕山间,每逢山雨欲来,云迹雾罩,烟雨缥缈间隐露出石

峰秀松,绰约迷离,真乃人间仙境。素古积雪,此景是指贵德新街扎木日根山的雪景,主峰海拔 5011 米,山上积雪终年不化,山麓遍布柏树原始林,岩羊、雪豹、雪鸡、麝鹿等珍稀野生动物出没在其间,适易探险登山活动。羊峡古碑,相传贵德县龙羊峡河中石碑上刻有碑文,后有人"风剥雨蚀残"之诗句。龙羊峡石岸千仞,惊涛澎湃,景致极为壮观。龙池灵湫,是指贵德都秀龙王池,石山断裂形成天池,碧水清澈,因人迹罕至,青松山花倒映池内,瀑布飞泉灌注其中,又有水库龙居之传说。旧时天旱,祭池取水,禅祈求甘霖,使龙王池的水影波光披上了神秘的光环。河流春涨,写贵德黄河景色,春末夏初,上游冰雪融化,黄河暴涨水势汹涌,气象极为壮观,春暖花开之季两岸早已绿树成荫,佛塔高耸,春风吹拂,是人们踏青野炊的绝妙景地。

贵德美食。谈起贵德美食,真正有自己特色的当首推农家饭,贵德农家饭中有花卷、馒头、锅盔、馄锅、油包子、馓子、"狗浇尿"油饼、"卷包城"(杂粮与小麦粉合制而成)、油花,贵德农家爱食瓷儿(也称猫耳朵),是将面合好后切成小丁,用大拇指逐一搓成大小均匀形似猫耳的面坯,下锅煮熟后,浇以精制的羊肉汤佐食。视之,如珍珠玉矶,食之,软中带劲,饮之,汤头绵厚。实与莜面饸饹有着异曲同工之妙。藏族也是贵德地区的主体居民,藏族群众一直爱吃一种叫作"蕨哲"的食品,大致做法是,在淘洗的大米中拌以白糖、酥油、蕨麻、葡萄干等,蒸熟后即食。贵德均以面食为主。虽是面食,贵德人尤其以精工细作而见长,如一碗手工擀制的面条(俗称"长饭"),面要讲厚薄均匀、宽窄一致、长而不碎、嚼之滑而不烂。卤(俗称"臊子")要讲丁细汤厚、颜色搭配,嗅之清香诱人,食之其味醇厚。就一碗煮好的汤,也要观其浓而不糊,饮之麦香飘逸。俗谚就有"头锅饺子二锅面"等,讲的是好的面汤下出来的面更有滋味更爽滑。"拉条儿"除讲究粗细均匀,关键要看其是否有"筋骨",这除了"有嚼头"之外,还在于久放不粘连。当你置身农家,主人在自家精致的菜园中揪几把挂着露水的时鲜小蔬,烹一桌农家饭菜上桌,那浓浓的田园风味肯定会让你乐不知返的。当你刚刚经历了贵德一天的游览,饭毕茶罢,一腔果香,那滋味我想会让你终生难忘的。最好是拿出冬天时农家藏的冰软儿梨,在你酒后焦躁之际,吮吸了它那冰凉的汁水后,马上就有沁人心脾、飘飘欲仙的感觉。而且据中医讲尚有温肠胃、润肺、健脾之功效,以冬天冰软儿功效为甚。历史上曾经出现了名噪一时具有贵德地方特色的风味小吃,如甜醅、酿皮、卤大肉、小烧、豆腐、羊杂碎、醪糟、荞麦面凉粉、油炸糕、干面馒头、臊子面、凉面、拉面等。如要知其奥妙,你可一定要亲自去品尝。

贵德瓜果种植始于明代,清康熙年间,(河州志)就有这样的记载:"贵德州地方,多水田、瓜果蔬禾、鸟兽鱼畜。"如果说"瓜果之乡"贵德实以梨品繁多而闻名遐迩。而梨中尤为长把梨引以为豪。贵德辖内所有果树中梨树占七成左右,而长把梨又占所有梨树七之八成,由此可见长把梨居果中至尊之地位。

长把梨顾名思义,皆因其果柄长,端细头大,状若葫芦而得名。长把梨皮呈黄绿色,易于贮藏。鲜食皮薄汁多,清香爽口。越冬后,果皮转褐,果肉逐渐化为半流质,嗅之,香气浓郁,饮之,甘

山神的牧场

若蜜糖。此外，贵德传统梨品中还有一种叫软儿梨，果实较小，可比鸭蛋略大，形圆，果皮嫩黄，初摘即食肉脆酸甜，冻藏后，表皮变黑，果核消化，肉质成冰，食时将放于凉水中融化，并在表皮戳一小孔，隔皮吮吸果汁甜中带酸，其美味难以形容。

传统果品中有长把甜梨、软儿梨及小而酸涩的酸梨、毛杏等。如梨品中的巴梨、窝梨、苹果梨、搅团梨。苹果中的秋光、红玉、金冠及倭锦、红黄奎等等。而桃杏中尤以五月红、水蜜桃、八宝胭脂杏、哈密杏为贵。四沟地区的果品不仅以色泽艳丽、香甜如蜜独享其名外，还有鸭梨，身不知、芒果梨、雪梨、蜜梨、莱阳梨、砀山酥梨、四川大黄梨、陕西太白梨等等。总之，进入贵德若不尝遍千般万种的果品，真是愧对了这灵秀自然的一番盛情。

还有贵德藏族服饰在安多藏式服饰中显得尤为独特，每逢梨花节、六月会等节庆，是一次盛大的服饰展示会。男的头戴狐皮帽，边镶氆氇，腰佩雕龙藏刀，给人于飘逸坚毅的审美享受。少女们，颈饰珊瑚宝珠，头戴玛瑙珍珠，腰系金银丝绸带，背挎雕龙银盾，富丽堂皇，雍容华贵，令游人目不暇接，爱不释手。

如果是五月，走进农家园落，门口那几只扒土的家鸡见客人就咕……咕……地叫着飞走了，一进门门框两边贴着有些陈旧的春联的双扇门，屋檐边挂着麦穗和苞谷，屋内摆着农家餐桌，人们乐悠悠地盘腿坐在炕桌边，喝着农家酿造的酒，乐滋滋地品尝着盖碗茶，游人们随意靠着窗户的炕上就座。店主打开窗子，太阳光自然地落在炕桌上，院落内一根粗大的香柳树枝叶茂盛，柳香和饭菜味飘满院落，让人垂涎欲滴，食欲大增。游客们悠闲地坐着,品茶聊天,全身感到无比的新鲜和轻松。

当闲逛中不经意进入梨香园,梨香园内幽静、雅致,加之内有图书馆,显得雅趣和富有文墨气息,因该馆建于明代,仿佛有一丝古色古香的味道来,现里面设茶园,漫步在古老的梨树下,静神细听,仿佛冥冥之中能闻到身着长褂的书生们琅琅的读书声。在这清静致远而花香飘拂的梨香园,感受阳光,感受空气,感受鸟鸣,感受水声,这天籁般的声音会穿透肉体和精神,给生命于如花的艳丽。

人在贵德,仿佛置身于一幅风光优美的画境中,似在满园花艳瓜果飘香的仙境里。那清香的田园风光,那古诗词中的"小桥流水""牧童遥指杏花村",像风如水,浸润着你的肌肤,让所有的郁闷和浮躁荡然全无,润入这青山绿水之中。

在贵德,当你走进葱郁的杏花园、梨花园,还是到清香的桃花园和香柳园,一股淡淡的果香味,一丝清冽的自然气息扑鼻而来,沁人心脾,令人迷醉。这时你屏住呼吸静神闭目,深深地吸一口清冽醇香的空气,仿佛全身充满阳光雨露、湖光山色。

然而,在这一切对美景的记忆中,最吸引人的莫过于黄河之滨,当你漫步在密林里,透过老柳枝杈,偶尔会发现三三两两的少女身着泳装,那丰润的脸颊,飘柔的秀发,微黑发亮的胴体,风姿绰约的身段,恬静的神态,看似一枝随风飘动的白莲花,充盈南国少女独有的韵致与魅力。她们虽无天生丽质,但内秀、灵气的品位,却具有征服人心的力量,噢!这梨香韵味的贵德姑娘哟。

人在贵德,不管你身处沙滩浴场、黄河之滨、还是翠绿的树

林、幽静的果园,感受柔和的阳光,清香的梨花,古朴的农家小院,清爽的树林。那山、那水、那人……给予你那么多的休闲,绿色和诗意。

穿越黄河上游

  傍河而立。清澈冰凉的黄河水与圆润的鹅卵石、温和的大地轻柔地抚摸后激情飞扬地顺流而下,它是从雪山、草地、森林中负载太多的故事,经历无数次的九曲十八弯后,肌肤变得越来越通透而坦荡,在贵德境内呈现出它的妩媚、宽容和精彩纷呈,也显现出异常浑厚而多样的视觉和听觉激荡,是因为它源远流长的历史记忆,是因为它更加厚实的人文关怀,是因为它两岸生生不息的麦田农庄、花开花落。

  傍河而坐。聆听黄河,那阵阵涛声在夜色里娓娓诉说,像是千里雪山草原的隐秘语言,用另一种话语在传达,或许黄河的如此形态和声音,就是上天留给大地上的最绝妙的礼物和音乐了。在黄河的恩泽下,大地上长出如此奇妙的物华天宝,并滋润着和捕捉着土地上的每一个细节,这简直就是人间奇迹。因为有了黄河也就有了与黄河有关的一切。

山神的牧场

一

　　黄河,这仁慈而质朴的存在,宽厚温顺地绕过高山峡谷,那平静而深邃的粼粼波光抚慰着生命的温床,它以一种荡人魂魄的音乐旋律的方式,诠释着一条河流的高贵、平和、尊严和厚道。

　　因而我始终仰望着这条孕育梦想的大河,因而年复一年地走向这条精神之河,每次都令人怦然心动,面对这条无与伦比的绝妙河流,从它流动在光滑肌肤上又平静地流向心灵腹地,于是,与黄河的对话和沟通就开始了。

二

　　黄河,从生命和地理的源头巴颜喀拉山北麓约古宗列曲出发,沿途散落着地球的眼泪扎陵湖和鄂陵湖、亚洲第二大草原、中国最美的湿地、万里黄河第一弯的玛曲,然后折向河南县、玛沁县后,在拉加峡谷白多尔根河至斑多出口以南3公里处入境海南州,境内流长411.3公里,这段黄河是青海境内最具魅力的精彩河段,它荟萃了黄河流域最丰富的文化多样地,生物多样地,地理多样地。被誉为黄河上游黄金水电走廊,黄河上游旅游探险最佳线路,以及生态旅游观光带。有拉加峡、中铁峡、加吾峡、尕连峡、斑多峡、野狐峡、尕玛羊曲大峡谷、龙羊峡、拉西瓦峡、松巴峡。有河北林场、江群林场、中铁林场、居布林场、松巴林场。有河源郡遗址、宗日文化遗址、浇河郡遗址等。有拉加寺、石藏寺、嘉察寺沿黄河分布,沿河流域牧区和小块农区相伴而生,像珍珠一样散落在黄河沿岸。

　　秋风乍起,落叶旋舞,苍穹之下大地从热烈的夏季回归到大自然朴素的本质,我又一次走近黄河,那就是自黄河流进海南州境内最惊心动魄的一段了,位于兴海与同德交接处,北岸同德河北、秀麻、唐干、巴沟,靠近南岸是兴海中铁、曲什安、唐乃亥、河卡。从兴海中铁向黄河纵深地带望去,两岸沟壑纵横,峰峦对峙、惊涛骇浪,地势异常险峻陡峭,群山环抱的峡谷区村落牧帐遍布,形成奇特自然景观。我们走马中铁河谷地带,这里的地理结构沿着山脉的走向,中央高四周像扇形一样向黄河或低谷地带平缓延伸,总的地形构架山高沟深,有的深沟要骑马得走一两个小时。我们因一座神秘古城的引诱,沿波涛汹涌的黄河直奔远古城堡,从一个很深的沟爬到一座独立天边的平坦的山顶,放眼一望,确实是一个天堑险要,可以看出冷兵器时代古人的军事谋略。只见西南面是石崖陡峭,怪石嶙峋,势若门户,北东面是奔腾咆哮的黄河,浑然天成的屏障,东面谷底麦田农庄,北东面对岸是河北乡的天然牧场,南面隔沟相望是中铁原始森林。台地上古城堡的遗址清晰可辨,部分城墙还保留得很完整,城墙内外现已成为牧民丰饶的天然草场,两家牧民定居点靠城墙而建。遥望四周视野开阔,犹如置身于一座孤岛,仿佛回到人欢马叫的古代。据史料记载,隋炀帝大业五年(609 年),设置河源郡,治赤水城(今兴海境内),推行郡县制。在兴海一带,卫尉卿刘权镇河源郡,刘权大开屯田,捍御吐谷浑,以通西域之路,遂以伏允城为治,置西海郡,以赤水(今兴海)为治所,置河源郡,尔时丹地迹在内属之列,尽有其国,迁徙内地轻罪犯人到西海,河源郡居住垦荒。又派卫尉卿刘权在河源积石镇境 (今曲什安河下游黄河沿岸至中

铁林场一带黄河河谷地区)垦荒屯田,可垦荒地田埂在今中铁林场一带清晰可辨,较平缓的山坡,滩地至今仍然可以看到大片形如缓坡梯田的古代农耕遗迹,也有规模浩大的水渠遗迹。种植过的农作物韭菜、麻籽至今仍存,可见当时的繁荣景象。

三

这条承载着太多传奇故事的文明之河,带着它的厚实、沉静、坚韧和连同它绝妙的涛声穿山越岭朴实无华地流淌着,只要依傍这条大河,终究会渲染出一座座开花结果的村落,在这个鸟语花香的氛围里所有的粮食、果实、梦境都能呈现在河岸上,这就是这条大河所营造的人间妙笔。

我们站在兴海那塘滩东部崖缘,远望巴沟卡力岗、才乃亥、大米滩等层层梯田和茂密的苍杨所笼罩的村落,极富视觉冲击的远山近村,在黄河的恩赐下呈现出丰富的生机勃勃的田园美景,整个河光山色、麦田农庄尽收眼底,令人震撼。这里就是宗日彩陶文化的故乡,早在六千年前宗日先民就在这块靠近黄河文明的丰润之地繁衍生息,创作绝世无双的宗日文明。这里因为出土"国之瑰宝"舞蹈彩陶盆和双人抬物彩陶盆而知名。考古专家认为宗日遗址具有一定的地域,存在于一定时期,有自己独特的器物群,是黄河流域从未发现过的新石器考古文化形态,将其定名为宗日文化,宗日文化的发现,对我们研究早期民族,如藏族、羌族的起源有极其重要的意义,它的发现反映了同德等在内的高原腹地,是古老黄河文明的发祥地之一。宗日出土的彩陶之精美、丰富堪称奇迹。其色彩搭配合理、图案组合相宜、线条粗细得体、画面等分均匀、画工技艺娴熟。这些彩陶纹样纹饰有鸟纹、变形鸟纹、竖线折尖纹、连续折线纹、三角纹，这些简单而原始的线条描绘着史前人类心目中自然而朴素的美，或许是原始图腾崇拜的表现，也可能是古老文字的起源。宗日不仅以彩陶闻名于世，而且出土了大量石斧、石刀、骨锥、骨铲、骨勺等重要的生产、生活用具。骨饰、装饰品石器的出土，说明宗日先民善于装饰自身的爱美意识。陶埙等早期乐器的出现反映了先民丰富的精神生活，至今仍能吹奏出悠扬婉转的乐曲。玉刀、玉璧等祭礼用品的发现反映了朴素的原始宗教心理。铜环和铜饰成为开始进入金石时代的重要标志。如果你来到宗日，你会在遗址附近的冲沟中找到被洪水冲出的动物尸骨，还会有幸拣到美丽的彩陶碎片。抚摸这些彩陶片，一个个远古先民们劳动的场面徐徐浮现在眼前，这些在深厚的土层尘封千年的残陶断瓦将引领我们走进古宗日人史前生活的鲜活的场景。

　　而今，当我们徜徉于古宗日人遗留的文明古土，一声清脆的布谷鸟声，一条绕村而过的河流指使我们进入错落有致的田畦和枝繁叶茂的杨树所环绕的村落，这就是卡力岗。据说这个村子还有近处的才乃亥村等，是民国初期从青海东部化隆县的藏族农民迁移而来，村名也原样保留下来，服饰、语言、习俗等民俗保存较为完整，譬如射箭、民歌、拉伊、婚俗、礼仪等等。若每年初春期间，三五成群的妇女们在田间地头锄草时，要有外村人或外地人从她们附近走过，妇女们随即扔掉手头的农活，不约而同争先恐后的追逐你，将你高高扬起，只到你乖乖就范，掏出一些零花

钱才罢休,妇女们则买些糖果之类的食物,尝着战果便说笑着你的狼狈样,田野里不时传来阵阵朗笑声,这种习俗多有些戏谑调情的成分……

　　这些面朝黄河,祖辈与河为伴的藏乡,朴素的村落,村民们在僻静的村子, 老人和孩子的身子与柳树上喜鹊的影子叠印摇曳着,从黄河中引流的河水绕树潺潺而过,村民们用诗的方式倾听黄河的浪涛声,黄河以母性的形态抚慰老农满是沧桑的心底。

赛宗山

2001年8月20日,文化旅游采风组乘车直赴赛宗寺,车过桑当桥后,便爬向一面陡峻山坡的盘旋路,翻过这座山,一片开阔的草滩展现在眼前,心灵一下子被眼前的景色所折服,这块草地藏语称"赛塘"。意为猴子滩,可见这里曾是美丽富饶的动物乐园。前方赛宗山苍松翠柏,层岩叠嶂,云雾缭绕,"赛塘滩"则芳草萋萋,碧绿如茵,像一条翠绿的绸缎铺在这块草地上。蓝天、白云、牛羊构成了一幅浓浓的草原风光画,我们迈步在草地上不停地转换各种角度,拍摄着、记录着,恨不得把所有的景色都装入这小小的相机。

经过短暂的采风后,我们又匆匆赶路,车翻过又一座山,进入一条狭窄的山沟,山谷中流淌着一条清澈的河水,沿河一条简易的公路直通寺院。绕过一座山崖,古老的赛宗寺神秘地出现在眼前。法鼓悠悠,螺号声声,各种法器声中夹杂着小喇嘛稚嫩的诵经声。赛宗山为安多藏区藏传佛教三大名山之一,远远望去,酷似一头饮水的巨象,象鼻下垂于寺前切莫沟中。山上沟壑纵

山神的牧场

横,洞窟遍布,苍松古柏,葱茏秀丽。林中有麝、羚羊、岩羊、赤狐、雪鸡、蓝马鸡等珍禽异兽,有冬虫夏草、大黄、羌活等名贵药材。当我们行至象鼻山下时,十几只岩羊悠闲自在地徘徊在寺院佛塔旁。我们的接近似乎没有引起它们的半点惊恐。据说它们看见穿着袈裟的人特别亲近,可见在寺院喇嘛和动物之间的生活是何等和谐美好。不一会儿,就到了象鼻山下,此处有一洞,藏语称"阿妈真拉强索",意思是父母孝顺之地,沿光滑的斜洞往上爬行,有一小洞口,从洞口向正前方看,见到对面的山顶,相传在这里观望一次,可对父母记功德一回。近处一面青色的岩石,石面布满信徒敲击过的痕迹 (这面巨大岩石就是赛宗山的神门),若你一边敲击,一边喊开门,据说能得到山神的保佑。前方切莫河边有一块白岩石,此石上有自然形成的龙,清晰可辨。此泉向北就是吉祥坡了,相传宗喀巴大师曾到此地修行,故取名为"扎西拉"。沿吉祥坡羊肠小道下山,山脚下有两处白石堆,左侧石块上印有牛蹄印,右侧石块上印有马蹄口,相传这两个蹄印分别是如意奶牛蹄印和格萨尔马蹄印。沿着向东蜿蜒崎岖的转山路继续行走,山峰高耸入云,群峰嶙峋,翻过几座山梁,有一半圆形狭长的山谷,洞口朝北,据说朝洞大喊,山壁上流泻下来的瀑布突然增大,此水为吉祥甘露,是观音菩萨洗脸时溢出的水,饮其水能驱邪治病。从此地向对岸的山坡望去有一黑色山洞,据说那是阎罗王的面孔,向下望去,有一条形似铁链的石缝,是阎罗王的铁链,椭圆形的沟底是阎罗王的锅,近处路边有个巨大的柏树,树上向南突出的树枝是阎罗王秤,山顶有一圆形山窟是阎王罗的镜,观此镜,据说能见到此世的善事恶果。近处岩石上可看到自然形成的六字真言。走出山沟,阳面山坡上有一山洞,山洞口有一座白塔,洞内四壁危石参差,冷气扑面,岩石裂缝处渗出泉水,并倒竖着万千如笋如乳的冰积物,独具风格,相传此洞为空行母练经之地。还有,海螺山、宗喀巴大师征服妖魔的地方、吉祥天母像、水晶洞、自然形成的法轮、华盖、宝幢等不胜枚举。

神性的文字与诗意的净土

  在我的记忆里,雪是世界上最富有诗意和神性的覆盖物。她使我隐约想到"圣诞、博爱、神圣"这些宗教和集体意味很浓的词。那神秘无瑕的洁白,庞大的包容一切的寂静,纯银般安逸宽仁的光芒。走进这般纯洁无际的世界,好似使人进入一种纯粹的信仰,亲临于这样的境界,想起冰心老人的话:"只要是简单的,这世界就是简单的。"仿佛是说,只要你置身于雪白的净土,世界就是你要的花园。是啊,这崇高神圣的雪让我将雪海茫茫的俄罗斯大地和白雪皑皑的雪域高原联想在一起, 相似人文关怀下的两地诗人,用各自天才的语言,月光般的思想歌唱生命与理想,那些霞光般的文字至今给人月光一样的清洁,太阳般的温暖。

  俄罗斯十九世纪伟大的现实主义诗人普希金热情放歌的,至今仍激动人心的太阳光芒一样的语言:"我的心和眼睛属于伟大的俄罗斯,我的声音传遍整个俄罗斯。"高尔基大声吁告:"亲爱的公民们! 你们应把理智的、健全的、天才的头颅安放在国家那宽阔的肩膀。"浪漫主义诗人费特赞美俄罗斯的雪时说道："雪是月光下的钻石,天空里的钻石,树枝上的钻石",赋予雪思想的光芒和人格魅力。以及一代文豪高尔基,车尔尼雪夫斯基,屠格涅夫,莱蒙托夫……他们以强大的人格力量和生命关怀共同照亮了俄罗斯智慧和尊严的蓝天,他们纯洁的热量在最寒冷最空旷中等待熬干,叩响了整座俄罗斯冻土,他们超凡的天才,神洁的灵魂构成了俄罗斯文学夜晚最动人的篝火。同样相近的自然和人文环境下的二十一世纪末的雪域文学广阔的天空,像扎西达娃、阿来、维色、伊丹才让、端智嘉、意西次仁、列美平措……他们共同降生于离太阳最近的雪域高原,在这个充满诗意和神性的净土,雪和神的家园,歌和舞的故乡,山和神话的王国,他们共同找到了生命的亮点,信仰的蓝天。他们那如花般的语言,如歌般的生命共同照亮了雪域阳光灿烂的天空。他们用光彩夺目的诗句,卓越的才华和灵魂的灯塔唤醒了贫困而荒凉的冻土带,寒冷而孤寂的疆域,干枯而失血的心灵。他们力图用霞光般的诗句为这个时代擎起一面全新的信仰和精神,他们正以全部的人格,思想和经验用眼泪和血的方式赋予灵魂以瑰丽的光芒。他们依靠思想和情感的动力,把独特的气质和个性渗透到发端于理性而超越理性的幻觉和联想之中。这种梦幻般的想象来自对苦难民族内在的爱,这种切骨的爱通过对自身,大师和自然界的独白式的对话来发现生命本质的光芒,创造着他们孤独、苦闷的精神世界。诗人伊丹才让站在雪域悲剧的中心英雄式地呐喊道："我是来自雪山的歌者,我把满腔滚沸的热情,做供儿孙们修桥补路

的泥土。""于是,我耿性执着的背后,点燃无愧于生命的火焰。"
伊丹才让先生用诗歌语言和光明磊落的人格魅力,给我们建起
一座精神的灯塔。面对苦难的高原,尽管自身的生命力量沉落于
无奈和孤独,但诗人索宝依然在羊群无言的目光中说:"我是一
只最有理性的头羊。"看到草原无穷无尽的雪地说:"离开牧村就
意味着这场大雪,这场大雪啊,直到我们进城多年以后。雪覆盖
了远山,覆盖了许许多多美丽的故事。雄奇神秘的羌地雪域、创
作着民魂,也创作着诗魂。诗人班果从阿尼玛卿雪山下走来以他
对土地和民族的深情与爱,唱出自己浑厚的牧歌,他的抒情诗,
善于以简括平易的方式造就深刻,藏区的人文景观,被纯熟的语
言形象刻画得闪出奇异之光。他在《吐伯特母亲》中,站在圣洁的
柏烟祥云的源头,他说:"你的眼睛,我惟一的太阳必须升起,而
你收藏的旗帜必将举到时间的前列……用一丝古老的光芒把我
击中,将我唤醒,让我找到前行的道路。"走进夜的草原,神的草
原,他说:"千百年来,经幡处在飞翔状态,经幡一直处在飞翔状
态,如生长不息的鸟翼。"吉姆措用清澈优雅的爱情语言说":我
的爱情像一条小溪,汩汩淌进你的心田,那可是我生命的河流啊
……想热烈而轻松地挽着你的臂膀,让心底鲜花的芬芳溢出唇
际。"周拉加虽用简单的诗句,但却有一种清冽的生命之美隐含
其中,语言如夜光般清凉而纯洁。如《妻已入眠,我在写诗》有一
段是这样叙述的:"忙碌了一天之后,还有什么,当什么也没有
时,我也该睡觉啦,可是现在家乡一定在下雪,姐妹们该有多冷
啊!点燃一根烟后我这样想,她的梦一定很甜,阳光、绿草、酸奶、

159

羊羔,什么都有,我也可以在那里歇息唱歌,还可以编一顶花冠,喝了一杯酒后我这样想,这一夜的月光静悄悄,把我的诗和她的梦糅合在一块儿,献给明天,妻已入眠,我还在写诗。"朴实而干净的心表达了一个牧人的儿子进城后对那块绿地的思念,以及身处此地的孤独和无奈。多杰群增这位牧家出生的牧民的儿子,给我们以多样的认知空间,面对土地和金色的粮食,他像一位虔诚的信徒脱帽致礼,在《老家的青稞》中他说:"……卓然而立,在不胜寒的高处锋芒毕露,果穗,这些纯金的杯盏,盛满光辉……一株青稞营造的宫殿,整个人类安居其中,那生动而硕壮的金色颗粒啊,你的高洁,使所有的人和镰刀,低下头来……在灿亮的藏区深处温暖我们,汗液染色的青稞酒浆充盈的青稞……此生注定,走不出你的光芒。"这些发光的文字不仅仅是诗句,是卓越的青稞和高洁的生命的歌唱。给予我们朴素而深邃的营养的麦子面前,昂秀才让说:"麦子,沉默无音,麦子穿肠而过,在我们的血液里生动,我们的骨骼生机盎然,每一颗麦子,让我们咀嚼,品味一种精神,一种博大的光芒照亮我们。面对箴言的麦子,我愿裸露狭窄的心灵,让麦芒刺破自私,啊!麦子!麦子。"诗人对麦子这人类赖以繁衍生息的简单而渺小的元素,这阳光沐浴和汗水浇灌的麦穗给予多样的精神内涵,文化意蕴。总之,走进这神奇壮丽的雪山草原,走进这充满神性和诗意的土地,桑丹说:"你是田园中的音响。"拉目栋智说:"那么,总有一天我会踏遍雪山,而变成雪山。"列美平措说:"我在雪山和草地之间舞蹈。"旺秀才丹说:"你是大地上的三朵花"。

当 21 世纪的太阳照亮俄罗斯大地和雪域高原这两个充满诗意和安详的净土时，瑰丽的诗句和灿烂的文字与洁白无瑕的大雪一起飘满在这块美丽的土地。

沐浴在乡村湿润的清晨

　　七月初的一天,拂晓前的黎明时分,大地的轮廓在天地间划得特别清楚,形成连绵起伏的造型,整个村庄出奇的寂静,这旷世的宁静似乎在孕育着勃勃生机。被黑暗严严实实包裹着的村落渐渐地清晰起来, 家家户户院落土围墙顶部落满的层层柴堆也分外抢眼。这时,火塘里传来父亲咳嗽中略带凄凉的诵经声,他正点着柏枝向院子正中心形似宝瓶的桑炉里煨起桑来, 院子里飘满柏枝的香气,家雀在屋檐下叽叽喳喳地窜动着,据老农说这样的天预示着又是个好天气。这时,大地完全地通透而光亮起来,光灿灿地太阳照在对面的智然角(因形如牛角的山得名)的半山腰上,层次更显分明,愈加光鲜而圆润。田野上带着水气的空气中弥漫着青草的香气和麦苗的芬芳,徐徐拂面而来,布谷声由远而近地传来,顺着木制的云梯,蹬上庄廓最高的屋顶,向四周望去家家户户的烟囱里飘洒着带着牛粪味和草木灰的袅袅烟气,在洒向大地的太阳光束里升腾起光亮的烟气来。似乎每家用

162

茯茶熬煮的奶茶的乳香,也淡淡地融在这清晨的雾气中,远山近水、麦地村落,还有晨雾缥缈间隐隐露出的白云般的羊群,宛如沉浸在绝妙的人间仙境,又像一幅幽婉的水粉画,乡村的清晨格外的祥和。

乡村的早饭来得早,走进屋内正值吃早饭的光景,火塘里火正旺旺地燃烧着,蒸笼与锅盖的缝隙里喷涌出的浓浓蒸气,洋芋、花卷、青稞面,肉碗(细碎的羊肉盛进碗内加少许葱和盐,再用揉好的面做成圆形扣在碗口蒸熟即可)的味道扑鼻而来,父母已坐在炕上,我也盘腿而坐,太阳光通过窗户斜射到炕桌上,奶茶的雾气在金灿灿的光线中袅袅升腾,慢悠悠地喝着酥油奶茶,弟媳一边招呼着孩子们,一边端来热气腾腾的洋芋、青稞馍馍、花卷、肉碗等,父母、妯娌、父子、母女之间你让着我,我让着你,说笑着,满屋充满从未有过的幸福。这也许是世界上最美的吃饭过程吧。

阳光下的村落,这曾滋养我童年的土地,像涟漪一般荡漾开来,这些琐碎而细微的事,常萦绕于心扉,芬芳身心,恬静自我。

安静得像一株葵花样的乡村,我最爱跟伙伴们一起领着可爱的藏狗,在高山幽谷间抓扑野兔、野鸟、野鸡,光着身板在河滩清爽的河水里戏水,与伙伴们一道去征服一座又一座高峻挺拔的山峰,在野花烂漫的盛夏、坐在麦浪滚滚的田间地头静静地感受乡村的夏天,或者在窄窄的巷道里偶然走来一二个领着哈巴狗手持手摇小经筒,平静温和地念着嘛呢的老人慢悠悠地消失在巷道深处……

乡村的超然和温煦,是清凉惬意的阳光雨露滋润着心田,使我的生活变得异常简单而又淡雅。我多么仰望乡村的时光。

抚慰精神牧场之思想碎片

桑济是我的外甥，桑济随意地说："佛不在墙外，墙在你心里。"十一岁出家于拉卜楞寺的桑济,和所有的僧人一样在拉卜楞寺中度过一段清苦的日子,由于刻苦和日益精进的佛学,智慧之门渐次开启。有一天我到拉卜楞寺,桑济在一间面朝阿尼格日神山的一间木房内静坐着,低矮有点发黄的木桌上摊开《僧侣和哲学家》,木制炕沿上,墙角及桌前堆满基督教、伊斯兰教、西方哲学等类书籍。在桑济房间角落一个不起眼的地方,随意丢放着一本翻烂了的日记本,扉页上写着并不规则的四个字：寺院随记。下方记着这样一行字:印第安人说："如果走得太快,请等一等,让灵魂跟得上来。"翻开桑济的日记,便把我带到了桑济的精神牧场中……

—

在寒冷侵袭的夜晚，一头扎进被窝里，此时世界已经安静了,荒凉的高原,塔铃声给夜的寂寥弹响了催眠曲,就连这般无

165

色的夜里我也不敢闭上眼睛，怕安静轻浮的灵魂再一次被梦捆绑，再也回不来，就如我在阳光下闭目沉思时突然感悟自己处在梦幻之中，再也睡不着。

二

一场雨刚好下在人们吃完晚餐后的寂静中，鸟和昆虫都躲进自己温暖的洞里，阵阵雷鸣，整个世界除了灵魂的栖息处都被清洗着，我靠在床上听着外面清新又渐远朦胧的动静，然后点了酥油灯在屋里沉思，这是属于心灵的季节，每一滴雨都是沉淀的念头。

三

我，一个像日本明治维新时代的浪人武士，甚至有人不会把这类人当成武士来看。每次只要我在一个寺院里有着舒适的落脚点，都似乎隐约能预期到自己距离开这个地方已不远，每次都是如此。每一次到来就是另一种形式上的别离，而每一次我都很难去做跟自己的本性相应的事情，所以总是过着一个过程到另一个过程经验未知的生活。作为一个叛逆的经历者，我必须得说我学会了很多至少对自己有益的一些体验，包括怎么和周边的人分享自己的喜悦和悲伤，这种看起来微不足道却非常人性的事情。偶尔我也会感到"如此温柔而残酷的轮回，被世间八法攻击的我好可怜。"

四

下大雨了，窗户里点着烛火，火形成透明的倒影，雨在院子里打起很多泡泡，此起彼伏，我裹着毯子躺在沙发上数着窗外的

动静。雨永远都是生动的安静。打在地上的雨滴像是每一个人短暂的人生，又像是瞬间幻现的念头。

这是第一次我被雨声弄醒，我睡过头了，狂雨骤停，小院里跳舞的水泡，散落的花瓣浮游在积水上。两只小猫异常安静，它们懒散的回头看了我一眼，又闭上好奇的眼睛，打起呼噜。我要给我的朋友蓝吉洗澡，然后点上灯和香，煮上一壶茶，默诵《文殊真实名经》。

五

有一个分外安静的清晨，炕桌下的小猫睡得已不省人事，下意识地往窗外望去，山和谷都被雪染得柔和而清冷。其实季节的变迁是神奇的事情，偶尔在某一刻我又会看到青色的山和满园缤纷的花草，可西藏还是西藏，它丝毫不会向庸俗世流妥协自己，它还是那么强调信仰胜于所有。

六

黎明，随着乌鸦的叫声，渐次破晓，安静的巷子里又多了一个乞丐。慵懒的女人抚慰着哭闹的孩子，一缕缕青烟伴随着一阵阵牛粪味，僧舍里有一些僧童边打着瞌睡边念着颂赞经。巷道深处一群觅食的蜜蜂在一家店铺晒干的花椒粉上飞落，寺院却异常的安详，阳光吸吮着积在地上的水。一家僧舍里小喇嘛的目光从经书转向年长喇嘛的手机里。此刻，我悻然走进属于我的木屋，煮上茶然后看自己喜欢的书，这就是当下的幸福吧。

七

有时候你的世界总会出现这样的人，他们像一首熟悉的音乐,像一首诗。看到他会让你忘却烦恼和身体。我今天又遇到了那个老人,他对我开着玩笑,我看到他的从容、淡定,在这样的寒冷天气里,更像一个温暖的窝。

八

有时候我在想,在猫的眼睛里,似乎有另外一个世界,那份警觉穿过大脑,看透了生死。有时在世俗中充斥着无聊的玩笑,感到沟通的孤立感。这时候你需要安静下来,打开窗户,或喝一杯,感受水流过你的喉咙,你听到屋内的喧嚣,窗外的声音,餐桌上人们聊天和吃饭的动作,你只是感受所有的一切都在以其微妙的方式改变,你所在的星球,你朋友圈里的好友,几十年后这些都烟消云散。

九

我最希望他能谈论简单的事情,比如阳光穿过门帘缝隙落在地板上,猫睡在沙发一隅,火炉上响着茶的咕噜声,房子里见不到任何跟时钟有关的东西,小僧人走进屋檐下念诵着经文,眼睛总是游离出经页,在等着这一天像以往那样过完。或者没有更好的心会担心明天,我做着该做的事情,必须要做的东西。真正的修行者是不需要归属感的,是不会谈论信仰的,是不会像每天下午四点钟坐在大乘顶佛殿石阶上担忧明天的事。会有这么的一天,你什么都不想,什么都不想拥有,你甚至没有满足与否的意想,你自己就像你看到的任何东西,那时你是阳光、瀑布、河流、雪山、你的世界就是你自己。

十

我不愿意去谈论幸福,因为任何情绪都不能满足你的生命,就像月亮不能一直圆满,尤其在这般沉静的夜晚,月光下的村落和寺院沐浴在无声的梵音中,而你却似乎冷落,人的一生没有几个月亮会让你的心灵归于无所思欲,无有挂碍,你只能体验当下的所有感受,或者把今夜献给梵天的月亮,冥想她渲染虚空的梵音之吻。

十一

体验就是活的记忆,记忆就是死的体验。据说,世界上每秒有 1.8 人死亡,也就是说每分钟有 106 人死亡,一小时就是 6,360 人死亡,一天死亡的人数达到 152,640 人。也许你的那一秒还没有降临,然而世界上所有的众生都会遇到困难,都在接近死亡,没有例外。明年,明天,或者下一秒,我们将要死亡。至于什么时候,其实根本无关紧要,因为这一切都不能成为痛苦的理由。

十二

每个人的内心都潜藏着一个爱,一旦向外在寻求,就会把本居内在的爱挤出来,把外在渴求的孤独接而引入,从此你经验的世界开始越理越乱,因为潜伏在我们内心的平静、快乐和从小与我们做伴清理我们心灵的爱被我们所迷失,所以我们只能接受外在的恋人,与孤独和无常作伴。

十三

如果有一个地方没有痛苦和忧伤,那这个地方一定也不会有什么快乐和幸福。我们更需要一个信仰来安慰,无论这个信仰对他们的意义有所不一,但他们就像红精灵一样生活在这片蓝天下,寻找让生命超越痛苦和快乐的方法。

十四

在佛陀的眼里也许我们都是堂吉诃德,携着天真和恐惧,在轮回中臆想着自己的所有命运。我们的人生骑着满载欲望的战马驰向死神的怀抱。有一位老僧人对小僧人说:"当你来到这个世界的时候,你在哭,但别人都很开心,当你离开这个世界的时候,别人都在哭,你自己很喜悦。"所以,死亡并不可悲,生命亦不可喜。就像希腊哲人说的那样,当你在时,死亡尚未降临。当死亡降临,你已不在这里。

错过了拉卜楞的第一场大雪,涉足远方的同时也错过了对修衣下慈悲的面容,那些快乐的心灵在晨曦间像草原深处睡醒的蓝天,静谧、遥远。

十五

雨滴融入大地,声音透过玻璃窗户,传到桌上温热的杯子里,里面没放茶叶,想到佛陀总以一杯水比喻人的心性,相互依存的这种规则从小狗鼻尖的呼吸直到我的每一个细微的念头。像这杯水一样温暖而净静,像云端下滴落在白塔上的雨点,持续的结果才会滋润万物,这是水的功德,像一个无量的大海怀抱着大地。

十六

我们就像一个永不停歇的河流,一切都在变化之中,变得没

有自性,变得毫无真实,然而,这就是我们的生活,只要还有轮回,就有生命,只要有生命就会有痛苦,只要我们在路上,就会有所期盼,永无止境。

十七

如果允许我驻足,哪怕在有个地方刻一辈子的石头,或者行游所有土地,以落日为终,每天过着生命最后一天,或许需多年之后,会火化为一朵在蓝天下任由的烟云,带着所有的不幸和愿望,成为一滴滴纯净的甘霖,落入你所有的足迹,重塑你的庄严。

……

桑济是一个偏执的艺术家,每每笔似乎要从他的手里滑落下来,却又有力地行走在纸上,他偶尔会唱首歌,念着颂诗,沉溺在自己创造的画中,像一个长着满脸皱纹小孩,他淡蓝色的眼球中透露着他自己的世界,仅属于自己的世界。在拉卜楞寺静谧的阳光下,他画着短暂的人生旅途到死亡的过程。即使历经无数他也知道在生命里投下影迹之外,不带走什么。应该忘却哀乐,抛下每一瞬间的生活片刻。欢笑和悲悯在他的日记里萌芽开花。他说你已经得到了那些什么足够的社会阅历,强大的内心,巧妙的语言和思想,强健的身体。即使有了这种力量,也无法使他安静,有时候偶尔从炕头的窗户外探出头,瞥了外面一眼,似乎看懂了这个世界似的,在那一刻,他的眼神比无柱宫里的雕像还要静谧。

"母语滋养的蕃域"散笔

  有一年,经过贵南过马营时,一个阳光很好的午后,一家人围坐在三石灶旁,熬煮的奶茶咝咝作响,壶盖的间隙喷射出奶香的雾气,东北部的巴才山冈,在蓝天下好似披上绿色盔甲守护四方山岳的战神。相传当地的保护神阿尼巴才东格托角坚,是阿尼直亥的东门卫士,围绕此山神有其子诺日占都和其女喜盖卓玛,这些山神的护卫使巴才山脚下的村落人畜多年无病无灾,使其方圆几十里之内的草地上野草疯长、野花竞相怒放,牧人们确信这一切来自山神的恩赐。坚参老人信步走到三石灶右侧煨起用柏枝糌粑点燃的桑,而后把熬开的奶茶撒向蓝天,还给三石灶旁边抛洒奶茶,坚参老人说:灶神是掌管一家柴米油盐的家庭神灵,虽属级别较低的世间神,但民间描述的灶神是一位身裹素妆,佩带瑰玉,手持金勺的美丽女神。人们称其为"塔卡拉叶毛"(即灶神叶毛),灶神很容易被冒犯。要是不慎把头发、狗屎、指甲、骨头、禽毛、兽毛、人粪便等赃物放在灶火中焚烧,灶神就会

动怒。莲花生大师曾训诫："灶神发怒，会使食物变味，没有营养，或招来邪魔，遭受损失。"开灶前应该向灶膛里燃柏叶、桑面等，请求灶神原谅。厨房要干净，头发不能随意丢弃在柴草上；脚丫不能伸进灶膛烤火，更不能随便从灶台上跨来跨去等等。我们每天享用的鲜香可口的食物是灶神的恩赐。

　　那是山神的牧场

　　我们借住在它的领地

　　从未给牧草、蓝天、白云和空气支付现金

　　与这些邻居相伴

　　出行时装上敬畏并随身携带庙宇

　　这是他们惟一的家当

　　一只鹰掠过的河流

　　一群放生的蚁群在夕阳上晾晒

　　流浪的藏马熊涉过河回家

　　或许这是世上最后的晚景

　　随即日出日落时手持金勺的灶神叶毛

　　捧来附着仙气的味道

　　这是糅合着阳光和火的营养

　　是灶神叶毛巧夺造化的祝词

一、信仰与生活

　　佛法对于蕃人是生活的一部分，在法道上的精进，就像喝酥油茶一样，就像风吹过舅舅的牧场，就像瓜熟蒂落、花谢花开一样一切自自然然，是一种需要而已，当修行跟放羊一样寂寞，跟吃糌粑一样随便，跟大地一样质朴、稳固了，是否精进，已经细微地隐匿于做事的过程之中了。所有发生的事都不过是心的脚印踩在时间的流沙上，不过是秋天的深处随意飘落的一片枯叶而已，蕃人对现世人生的懒散，或许是物欲世间里的最后一个神话，虽然这个神话已经完全被物欲所包围，但蕃人骨子里有着对现世的轻慢和对来世的深度向往，在时间的长河上因果相随、缘起性空的经典光辉照耀并伴随着踽踽人生，在消费时代的狂欢中隐遁于尘世，懒下来，把心安放于神龛，不合时宜地把个体置身于如同隔世的传说之中。

　　　　你在毕钵罗树下出世

　　　　孤独多舛的世间风吹醒了菩提伽耶

　　　　广阔的烦恼像一面镜子

　　　　显现了悟道的菩提

　　　　从那时起，鹿野苑收藏的光辉

174

一直在照耀

不知是什么时候起

天神之子觉如下凡

酥油灯下阅读信仰的西藏

背负神话的格萨尔

在一块岩石的背面承担民间的寓言

物化的大地隐去

半个月亮爬上来,在现实的麦草垛上

朗诵牧场的炊烟

行走在卓越的草地上

与友善的河流山川为邻

从不间断与山神的对话交流

敬畏于他的旷世沉默

在他的脚下恭敬安静地游牧

一日三餐先供奉神灵并献赞词感恩

然后享用神赐的奇妙食物

尽管从未见过他的真容

尽管大地一直默不作声

藏域的山川风物,都是格萨尔亲族的化身

莫非物化的方式隐蔽

等待一种力量的点化

然而这不重要，因为族人早已学会

与山神对话交流

敬畏于你的旷世沉默

在你的脚下恭敬安静地游牧

一日三餐先供奉神灵并献赞词感恩

然后享用神赐的这奇妙的事物

尽管从未见过你的真容

但光辉一直在照耀

二、转 湖

　　转湖是佛教信徒按顺时针方向绕湖一周，边行进边磕头、祭拜、诵经的朝拜活动。转湖作为环青海湖地区各民族民间信仰的一部分，具有悠久的传承历史。据记载，藏王松赞干布和莲花生大师的著作里就有转湖的记录，它讲述了转湖的诸多益处。著作里讲到青海湖是神湖，龙王是菩萨的化身，所以说供奉龙王，对人、对自然环境而言都是有益无害。书中记录凡藏传佛教不论是宁玛、沙迦、格鲁等八大教派都能转湖祈福消灾。高僧松巴益西焕角专门有对青海湖转湖系列活动有所记录，如下宝瓶、祭海、磕头、徒步转湖等多种形式都有所描写。说转湖可解除和烦恼起之烦恼；由诸业中所起之烦恼，由诸生中所起之烦恼。即佛经所

山神的牧场

说的三种烦恼,亦可解除三苦,即:苦苦、坏苦和行苦。苦苦者,由苦事之到来而生的苦恼;坏苦者,由乐事之离去而生的苦恼;行苦者,由一切法之迁流,无常而生的苦恼。为此说,转湖可解除病魔,让人少得病,脱离病苦,总之,转湖可寄托一切希望,也可解除一切病魔、苦难,可保四季平安,可佑草原兴旺太平、和谐。

转湖从何时起源无从考证,但从藏王松赞干布的著作中就有记载算起,转湖流传至今已有一千多年的历史。据说,羊年转湖,马年转山,猴年转森林是佛祖给人间留下的旨意。而青海湖与玛旁雍措、羊卓雍措和纳木措湖一起,被藏族群众和藏传佛教信徒们统称为四大圣湖,其中,青海湖是身、语、意之圣地。世代居住在青海湖畔的藏族群众认为,在六十年一轮的水羊年,只要身负虔诚之心,绕湖叩首而行,便相当于念了 18 个亿的"六字真言",便可得到无量的功德和渊博的知识,并能舍去自己的恶习和痛苦。

转湖时往往由一家老少整装出发或家中体魄健壮者身着牛皮护围衣、备护手板等全副武装选一个吉利的日子出发。首先在附近寺院、俄博、山神处进行煨桑、祭拜、诵经仪式,然后或背着经卷,或手里转着玛尼,念"六字真言",磕着头,按顺时针方向开始转湖。

转湖传统的磕头方式有三种,分别为跪磕头、磕长头、莲花磕。跪磕头就是双膝跪地的磕头方式,身体不用俯卧,这种磕头方式比较简便,转湖所需时间较短;磕长头是双手和十,从额前划下,然后整个身体俯卧,尽量伸直胳膊、腿,起身又从手指尖处起步磕长头,这种磕头方式最为普遍,一般需要三个月左右才能转完青海湖;莲花磕是面朝青海湖磕头,起身横跨一步,又面朝湖磕头,以莲花磕形式转海一般需要半年之久。途中遇垭豁、俄博、山神处要挂经幡,并按顺时针方向,一边转一边抛洒"风马",围绕其三圈祭祀山神。青海湖周边有 7 座寺院,每经一座寺院必要进行煨桑、上香、献哈达、磕头、诵经等一系列朝拜仪式。在经过几处祭海台时,要任选一处祭海台进行祭海,祭海时要向湖中抛洒宝瓶和祭品,宝瓶内装的是由四十多种中草药配置成的藏药、五色粮食、茶、酥油、瓜果等,也有虔诚者将自己的金银首饰放入宝瓶内。僧人们在转湖祭湖时,规模虽比正式祭湖小,但形势完全一样,要祭坛城、吹螺号、诵经等。转到起点处寺院、俄博、山神处,又举行祭拜仪式,算是转湖完满结束。尤其每值藏历水羊年转湖朝拜的人更是纷至沓来。

380 公里长的青海湖湖岸线,信徒们带着一颗虔诚的心,风餐露宿,一步一磕头用身体丈量着朝圣的路。途中还要多次祭祀山神,在寺院朝拜,祭湖等。虽然现在转湖的人数在增多,但转湖方式已演变为亦可徒步行走,亦可骑马、坐车转海的,而传统的转湖方式,尤其是磕莲花头转湖的场景已极少看见。

转湖是佛教信徒们对自然崇拜的一种重要体现,在转湖极其艰难的过程中,考验着他们的毅力和耐力,同时也考验着他们的虔诚之心,是一种强大的信仰支撑着他们完成这段艰辛的朝拜之路,在他们看来,这是一种荣耀,一种高尚无比的善事。同时,它有着最大的开放性、兼容性、群众性。转湖不分民族、地区,

不分男女老幼,只要能健康的走路,带上一颗虔诚的心便可……

转湖仪式已例为青海省第四批非物质文化遗产,并申报为国家级非物质文化遗产。

在转湖的路上我看到这样一个有趣的现象,一位老人带着孩子转湖,时不时地低下头,或者干脆爬在公路上捡拾蚂蚁和一些不知名的昆虫,生怕被来来往往的汽车碾死,践行一个佛教徒对众生平等、敬畏生命的信念。还看到一位方年五十余岁的瘦弱男人背着80余岁的年迈母亲踽踽而行,却是那样的轻便而有力,像背着一团棉花似的,并不感到吃力,那是信仰和至纯的孝心给予的力量和震撼。

夏天的大幕拉开

打开宣纸上纵横千里的青海

凉风、经卷、阳光随意进来

那是狂草的书法和泼墨的写意

所展开的画卷

清晨在湖畔、山下或河边

播撒着阳光、炊烟、翠绿的草地

收获米勒的田园和青海的留白

这大地上湿、浓、淡、润、诗、书

挥洒的山水唐卡

我真不忍心踩踏这被禅墨洒的虚空

在家的边际

黄河那宽容挤出的果汁

从舅舅的牧场上蜿蜒

远方我在鸟语中随意醒来
一片失散的蓝天和云朵飘来
在青草隐藏的河边
用清水和花朵洗脸
然后在阳光的背影里抱一团云乘凉
逐渐消磨这缓慢的时间

想买下青海湖畔的碧绿和蓝天
在浸着水气和鸟鸣的早上
这敲打心灵的水彩
像是走在胶片上的法国乡村电影
像是榨汁的美丽
在这幸福汹涌的湖边
让身体与云团皈依于蓝天

三、藏区电商神话的缔造者

又是一场大雪后，走进我日夜牵挂的牧场，甘青交界一带瓜什则、甘加、桑科、阿木却这片山神守护的牧场，犹如走进传说中阿克顿巴的故事，又像是电影中的拉美，我的邻居花草鸟虫们也

在初冬来临前提早回家了,满地雪花纷扬的羚城,像是文学里下雪的甘南,这片羚羊消失的地方,它的速度和灵俏的化身次第现世。推开万玛才让位于羚城的互联网之门,这位如鱼得水地游刃于传媒、影视投资制片、导演、策展人、电商等跨界的领航舵手,看上去脸颊微黑却棱角分明眼神笃定,健谈的他打开话匣子就开门见山地说,没有文化的企业走不远。他正在筹建西北文化电商第一家藏宝网大厦,目前入驻藏宝网商行达 439 家,产品种类达 5776 种,是全藏区的首家 B2C 电商平台,具备国家电信增值服务。这位来自阿木却的筑梦人谈起当今风云人物乔布斯的苹果、比尔·盖茨的微软、马云的阿里巴巴、马化腾的腾讯如数家珍,似乎他们刚喝完阿木却的奶茶从甘南草原走过,这位自信满满的 CEO,当谈到藏宝网时说:"他并不担心资金,因为我身背后有一个强大的藏文化在支撑,也不担心营销、技术、客户,因为宝贝就在身边,随便卖出去一个概念,就是生生不息的原创,只是缺少一个发现的慧眼,再缺少足够多的时间。"万玛才让边说边在电脑上敲开他的电影故事片和纪录片,那纯粹中飘逸着导演气质的画面从眼前掠过,他随意地说这些都是别人所没有的稀缺资源,藏地的人文地理上所呈现的人性、孤寂、苍凉等都是精神世界的奢侈品,只要把握和敏锐捕捉就是一部部弥足珍贵的影像作品。说着话锋又转到电商,谈到他的"智慧牧场""网上藏地""数字旅游""有生命的钞票""生活银行""数据物联"等电商概念,无形中在方寸屏幕上又奇迹般地创造出了另一个全新的青康藏大地。

四、印巴精舍和阿斯基

　　成都三圣花幸福梅林山上有一个美丽的地方叫印巴精舍。阿斯基这位长期生活在印度尼泊尔一带，生于四川米亚罗的藏族美女给我们提供了深度体验印巴文化概念的世外圣地。在这块桃源可聆听大师梵音、观瞻印尼文化精髓、品尝印尼经典餐饮、感受异国风情、修身养性、文化名流现场互动等视、听、味、触觉盛宴。这位身着艳丽的印度服饰，举手投足间渗透印尼文化气质的阿斯基深情地叙述着："印巴文化是印度和巴基斯坦及其周边地区在一定时期内形成的思想、理念、行为、风俗、习惯、代表人物及由印巴地区整体意识所辐射出来的一切活动。广义上说，印巴文化就是南亚周边国家的一种文化泛指。历史上以印度宗教文化而得以延伸，是印度教、佛教、藏传佛教等宗教影响下的文化氛围，从其服装、饰品、工艺品、家居、饮食、人文等因素可以看到浓重的印巴文化色彩，印度的舞蹈、食物中的咖喱、日常健身的瑜伽更是印巴文化的一种美化诠释，印巴地区既是世界四大文明发源地之一，又是佛教、印度教等宗教的发源地。早在5000年前，恒河——印度河流域便出现过一些繁华的城市，公元前3世纪以后，又相继出现了囊括全区大部分版图的四个统

一的国家,即孔雀王朝、笈多王朝、德里苏丹国和莫卧儿王朝,在这一过程里,南亚一直是世界上最富饶的地区之一,农业、手工业、交通运输业以及各种形式的文化艺术均达到了较高的水平。"这些多样的文化特质融合到藏文化之中,为藏文化提供了广阔的视野和无限的可能性。

五、才伦多森林庄园

立秋之前,与妻携手走进传说中的北山森林公园,与妻相伴真有一些背着家的温情和手工厨房的秘制,心、胃、眼睛、肌肤和相濡以沫同时带入森林家族,并随身带上法国作家法布尔的《昆虫记》、手绘《本草纲目》进山消磨时光。森林虽不像粮食和水一样不可或缺,但它一直对空气的净化、杀菌、制氧、除尘、消音和气候调节而不辞劳苦着。徜徉森林中,听着河水哗哗地卵石撞击的混音,抿一口自酿的酩馏酒,尊重心的指向顺着随意、自然、有趣、猎奇的山野况味。

蜿蜒潺流的对岸向阳山坡,才伦多森林庄园依山迤丽。庄园地主范文斌这位学画留洋的筑梦匠人,觅得一处旷古,把人类快要遗落的僻静、隐居、禅修置于林下河边。这个依山傍水森林茂盛的乡野庄园,有小桥流水、古堡、塔楼、栈道、廊坊、亭台、阁楼,整个庄园错落布局,寓涵藏、汉、地中海、欧式建筑风格,并呈现出不规则状的异域风情。这片森林农庄集生态建筑、乡土建筑和现代建筑为一体的实验型庄园。它将庄园的独立、教堂的肃穆、城堡的风骨和民居的质朴融为一体。在体悟中式的窗棂花阁后又惊喜地发现,还有爱琴海和英式古堡风格未曾留意。野趣中嵌入乡村粗粝,西式优雅里蕴含狩猎的撒野,自然石块叠落的墙壁间有迂回而上的阙阁,一石一木一檐一梁充满精心磨砺的设计感,走在绕廊回坊的院子,每一个角落都被无微不至的细节设计所关怀,而马棚餐厅前方一大块空地里,一位驴友在仔细地选摘时令蔬菜,这阡陌农田的景象,会勾起每个人都曾有过的田园农场梦……

六、在拉寺的日子

冬日午后的暖阳,撒在宽窄不一的深巷里,像是极为限量的银粉,巷道里随意而有秩序穿行的僧人,在绛红色袈裟与两边灰土墙的衬托下以静谧的力量勾勒出喧哗背后的温柔,我走在幽深僻静僧间的沙土弯路,信然走过一段当下铺设的幻觉,一段旅程里出现的境遇。这时下意识地抬头,一看到了桑济的僧舍,两边厚实的土墙夹缝中,低低门楣下发黄朴拙的两扇对开的小门,不只开合了多少次,门缘的磨损处变成幽黑发亮,推开门桑济在条格窗户下发呆地凝望着左手掌心的一件东西, 他并没有在意

山神的牧场

我的到来，我悄悄地凑过去一看，一只冬日里罕见的网状翅脉极为清晰，极为惊觉而灵敏的蜻蜓，一对细长的触角轻轻摇摆着，优雅的身曲静息不动，三个又圆又鼓的单眼凝视前方，仿佛同时具有视觉和听觉功能似的，大有稍有风吹草动就一触即发之势，一念间飞离得无影无踪。桑济恍然醒过神来，他随口说："一刹那包涵生死。只因人在风中，聚散不由你我。活在有觉悟的孤独里，做一株有思想的芦苇显得尤为重要。任何一个有情众生天生具有悲悯之心，今年初春时节，就是院里墙角那棵杏树开花了，不知什么原因一阵微风后，一朵未来得及开瓣的花蕾凋谢了，一群蚂蚁真围绕着花蕾转圈，以蚂蚁的方式超度这个突如其来的无常……

　　此刻，我和桑济盘腿坐在朝南的屋檐下，夕阳集中最后一抹光亮透过阳台玻璃窗散落在木制地板上，背后破败斑驳的木格窗让人遐想起一些久远的民间传说，这时桑济习惯地把袈裟的边角堆放在头顶，做成帽檐，真好遮住了鼻子以上的半部脸，他随意地翻阅着低矮的木桌上散乱摆放的米兰·昆德拉的《生活在别处》、梭罗的《瓦尔登湖》和一些杂书，时而眯缝着眼说："无论谁离开了，别忘了你本就是一个人。淡泊是一种能力，快乐也是，心闲是人生最好的福气，欲望是心灵贫穷的根源，一切由心造就。"真如钦哲所说的："让心灵宁静根本不是佛教的目的，佛教的目的是了解实相，这才是最重要的，一个佛教心灵师宁可有一个动荡但看到实相的心，而不是一个长久平静却见不到实相的心。"我们应该向水学习智慧，它柔中寓刚，随境而存，破执无我，恒顺波澜。如果心声不能抵达，剩下的只是挥霍时光。

　　我深切地体悟到人维持生命本身所需要的，其实只不过是阳光、空气、水、植物的果实这些上天赐予的奇妙礼物，平凡而简单。

　　倘若忙碌里偶尔驻足于水逝、落雪、云卷、叶落或看一朵花的盛开，一只鸟的飞去。何尝不是在简单里安顿自己？若是闲适地携手爱人，树影婆娑下与青菜、蝉鸣、茴香、樱桃、茄子，在某个心仪的地方，共享斑驳黄昏、绵绵细雨和不绝的钟声，以简单清宁的心喂养灵魂的诗意，盛享心灵的丰盛，那该多好呢。

　　夜幕不知不觉中降临了，走出桑济的僧舍已夜色笼罩，幽深巷子里还有一些稀疏的僧人轻步走过的声音，屋顶上极个别小沙弥来回踱步地念诵着经文，那稚嫩的诵经声中满含柔软的信仰质地。此时，浩瀚的星空下的拉寺，寒冷中孤独的风吹来，隐秘着温柔安慰的心灵话语。生活在这柔软却有限的物理世界中，并未感觉自己的生命被窃走，内心中依然与无限的可能性相伴而生……

道帏：隐于山谷的一抹宁静

　　河谷两岸，群峰蜿蜒对峙，以阿尼古月、阿尼奥保切、阿尼达力加、阿尼仁欠、恰东岗等以及岗察唐、阿吉唐、白吉口、达加勒等幽幽草地和绵绵山峰所供围，滋生出鲜为人知的地理文化带。而阿尼奥保切，像是历经沧桑的江湖武士危坐在"智然角"左侧山谷顶端，又如满腹经纶的哲人，孤傲冷情地傲视四野，此山的背面是沃野几十里的"达加勒"草场。山脚下河谷里微风吹拂，麦穗晃动，泛着金光的油菜花荡起灿灿星海。在这样的山村野趣中冷不防地经过蝉噪鸟鸣的河滩，爬上梯田和野草丛生的"围日"山坡，再翻过几座缓丘就是"围日贡巴"，此时阿卡夕然正张罗煨桑、供净水、点油灯等寺院日常碎事，倏尔坐在一座酷似倒置的陀螺形山丘上，摊开长条经书念诵起经文来，身披有些脱色的绛红袈裟，微风时而扬起一片衣角，琅琅正酣时轻轻合上书页，微黑透红的脸朝向前方云端上的神山，周围高山耸峙，山风凌凌，这种情景，让人不由地想起贾岛的"鸟宿池边树，僧敲月

187

下门"。然而,如今自然原生手工艺般的乱石中野草丛生的河滩正遭遇人为撕裂,如同月球表面,像是多芒的刺扎在肌肤上揪心地隐隐作痛,这片纯粹的蓝天下油彩般幽静而绚烂的滩,曾是放置我们怀旧、记忆、乡愁的地方。

深夜,我仰卧在碌碡碾压过的土屋顶上,月亮挂在幽蓝的天空,仿佛刚从璀璨的火候上打磨出的银盘似的,周围除一些稀疏的星星外,空空荡荡。静谧的山村传来零星的狗吠外,没有任何声响。月亮的光辉洒向山野巷道,更增添了山村的宁静和空旷,几丝凉风柔顺地习习飘来,带着阵阵干燥的味道,连续几天的炎炎烈日,更迫切这样的夜晚来临。

后 记

　　在文学的光芒里，在宽容和救赎组成的隐秘里，身体依偎着念头，总想飞向凛冽的喜马拉雅。在藏域，置身于高处，置身于苍茫的风雪，多次想摁住心，觉知清明的光芒。

　　今夜在空寂的书窝，似乎稠密的夜色里遇见受伤的自己，看到了本真的自己，好像有一种力量催促着推开想象之门，思绪从苍茫的大地，转向翠绿的青海湖。倏然那浩瀚的大湖浩荡悄然收藏间，翻阅一只鹰的空旷遁入你的忧伤。那叙事的夕阳上，鸟的身体替我飞翔。白茫茫的天边，我带着遥远与文字邂逅，一朵游荡的云，偶然张开了我的辽阔，寂寞有幸做了今晚的夜幕。当被温情主义围堵时，多想留在远方，建议现场做成极简的样子，故事外营造粗粝的山水牧场，剪修身边无关的事物，在栉风沐浴的岩花边，借一条河、一把木质时光，在阿巴斯减轻的颜色和光线里，接近安宁，那是声音绘出的画面，能够疗愈沧桑。有时潜意识里走到在山野捡拾绵延更久的载体，好奇的蜻蜓在草尖上睡熟，我在想如果我们能够对话，那应该有个奇妙的相聚。每每想到这样极简美妙的文字所营造的氛围，多想从抒情中突围，凝聚匠心地设计一款瞬间乌有的空性直指心性。

晚饭后,坐在沙发的一隅,偶然站起往阳台的花盆里浇水,猛地发现刚开得正艳的花瓣悄悄凋零,若无其事地躺在盆土上,尔后就会慢慢干枯融入泥土,原来死亡和生命是一体的,它跟时间一块来到世上,虚幻地如同昙花一现,又无痕地消失。就如枝梢上这朵含苞待放的花,执着如此猝不及防。有时,虚帘幽门中掀起生活的表层,就会发现沉思的印痕刻在午后的斜阳上,淡泊舒缓地盈一抹领悟,收藏在幽静的枝头,奢侈的阳光款步有声地飘落进阡陌纵横的书,好似心仪的物件搬进文字,探寻旧时光里遗失的暗香。尘烟渐起恍若老式半掩的门,那是些写意的极致,萧瑟的冬日,把茶禅和限量的遗产,一起封进线装的书卷。空荡的肉身和情绪,没有一样靠得住,于是在禅的念想里,识破一个个虚空的假象。在美妙的文字里,多想活在有觉悟的孤独中,做一株有思想的芦苇。我这里不销售时光,也不储存寂寞,只囤积失去和无用。就像日本一休和尚那种"让孩童爬到膝上,抚摸胡子,连野鸟也从一休手中啄食"的样子,真是达到了"无心"的最高境界了。